OS ILHADOS

2º LIVRO DA TRILOGIA
O MOTIM NA ILHA DOS SINOS

romance

PRÊMIO
OCTAVIO
DE FARIA
UBE-RIO
1998

2ª EDIÇÃO

MAFRA CARBONIERI
[Academia Paulista de Letras]

OS ILHADOS
2º LIVRO DA TRILOGIA
O MOTIM NA ILHA DOS SINOS

romance

REFORMATÓRIO

CARBONIERI, Mafra. Os ilhados : o motim na ilha dos sinos.
São Paulo: Reformatório, 2024.

Editores
Marcelo Nocelli
Rennan Martens

Projeto e Edição gráfica
C Design Digital

Revisão
Tatiana Lopes

Capa
Obra de Pieter Bruegel

Imagens Internas
Obras de Pieter Bruegel

Dados Internacionais de Catalogação na Publicação (CIP)
Bibliotecária Juliana Farias Motta CRB7/5880

C264i Carbonieri, Mafra, 1935-

Os ilhados : o motim na ilha dos sinos / Mafra Carbonieri. -- São Paulo: Reformatório, 2024.

252 p.: 14x21cm

ISBN: 978-85-66887-86-0

"2° Livro da trilogia"

1. Romance brasileiro. I. Título: o motim na ilha dos sinos

CDD B869.3

Índice para catálogo sistemático:
1. Romance brasileiro

As personagens deste livro são ficcionais e nada significam além de si próprias.

Edição e Distribuição
www.reformatorio.com.br

Todos os direitos reservados. Proibida a reprodução, no todo ou em parte, sem autorização prévia por escrito da editora ou autor, sejam quais forem os meios empregados.

A Sylvia

SUMÁRIO

Capítulo 8 — 12
Pai e filho 13
O baralho 22
Sete-Dedos 31
Diário, 1976 33

Capítulo 9 — 36
Jordão Gargalo de Ouro 37
Ária de Maria Sapoti 44
O mensageiro de Ivo Rahal 47
Ato de contrição 52
Marilu 54
A primeira vez que vi Guiô 60
Diário, 1976 61

Capítulo 10 — 64
O soldado 65
Januário Benevides 68
Saulo 73

Intransitivo 77
O engenheiro 96
O cinzeiro 98
Diário, 1976 100

Capítulo 11 — 102
Abril, 1970 103
Atos preparatórios 108
Parque Siqueira Campos 110
Sono 114
O escorpião 117
O réu 122
Trinta ratos 125
Diário, 1976 127

Capítulo 12 — 130
Boletim de ocorrência 131
Ademir 142
Terça-feira 150
Diário, 1976 163

Capítulo 13 — 166
Miguel Torralba 167
As meias verdes 172

Quarta-feira 174
Quinta-feira 182
Marcelo 190
Raimundo 197
Diário, 1976 204

Capítulo 14   **206**
Primeiro telefonema 207
Segundo telefonema 214
Alguma coisa 217
O primeiro a ir vendo a paisagem 220
Doce quinta-feira 222
Samuel Bortz 224
Suarão 226
Acidente 230
Cárcere privado 237
Prisão domiciliar 241
Diário, 1976 247

*Deus, quando nos ofereceu a
outra face, revelou-nos o demônio.*
SCHOPENHAUER

o motim na ilha dos sinos

capítulo 8

PAI E FILHO

Eis Clotilde Bruno invadindo sem cerimônia a casa dos Navarro, sem resvalar em nada, por favor, não me chamem de dona, depois de viúva recuperei a virgindade e não raspo mais as coxas com gilete cega. Com licença, seu Fernando, mas não havia ninguém ali. Isso não quer dizer que ela não pensasse em homens. Procurou saber, por exemplo, o nome do soldado Celso Malacrida, um PM *diferente* e misterioso, devia ser do Ray-Ban e do bigode aparado: signo de Touro, posso apostar.

Aconteceu alguma coisa com o Rafael, ela suspirou e arrepiou-se: lembrou a mão de Rafael: dois dedos e uma cicatriz. Clotilde Bruno, limpando os dentes com um grampo de cabelo, deslocou o intruso e cuspiu-o no capacho. Nunca recordava se o aleijão era direito ou esquerdo. Desacatar o Aldo Fiori na frente de todos era loucura. Mais louco era esse Aldo Fiori que montou casa para uma japonesa na Lapa.

Antes de abrir a porta da sala, no corredor, dona Clotilde se mirou no espelho do cabide. No escuro e meio de perfil, assim, ela parecia menos gorda. Ninguém na cozinha. Uma paz de fundo de poço e a Jacira perdendo a novela das oito. Imagine.

Andam falando muito mal da polícia, e isso não é

justo, dona Clotilde abalou-se pelo corredor, pondo embaixo do braço a assadeira de alumínio. Se você não tem passagem e não facilita, sempre legalzinho, o meganha é o cara menos perigoso da cidade. Agora, mexer com o Aldo Fiori, um tira de respeito, e provocar o Celso Malacrida, um PM que roda o quepe na mão quando se dirige a uma senhora, é desfaçatez, Rafael que me desculpe.

Quantos pastéis sobraram hoje? Agitando a língua na boca fechada, assim, a pálpebra cobriu metade do olho, dona Clotilde bem que gostaria de lavar a farda de Celso Malacrida: a gandola de tergal, bege, de manga curta, com botões de platina e dois bolsos de chapa, frontais. Seria de cavalo o suor daquele soldado, benza Deus. De novo diante do espelho, Clotilde Bruno, não me chamem de dona, por favor, viu a bochecha lustrosa. Rafael brigou feio com Aldo Fiori por causa da Jacira. E a japonesa da Lapa? Os homens são todos orientais.

O velho Fernando estava no armazém. Dona Clotilde curvou o dedo no puxador e soltou a trava da fechadura. Após o estalido, a porta moveu-se um pouco. Uma luz solitária e dúbia surgiu da esquerda, do cômodo que servia de escritório ao pai de Rafael. Como se um homem lhe lambesse o pescoço, ou uma corrente de ar, a mulher acompanhou com o frio o crescer duma culpa acariciante. Logo caiu em si, os pastéis rendem na minha mão. Dali não dava para ver a estufa.

Sentado numa cadeira dura, a jaqueta de couro no espaldar, Fernando olhava a noite e o cofre, ambos muito perto da janela com gradil. O velho fumava uma cigarrilha sob a lâmpada do forro. Dona Clotilde aumentou a fresta e entrou maciamente, chegando ao armazém por trás do balcão. Tinha aquele velho os cabelos brancos, a cara curtida pelas horas que ele não deixara escorrer sem motivo; uma ruga funda cavava-se entre as sobrancelhas pretas, tal um corte acima dos olhos.

Espiando-o, a mulher deixava-se inquietar por desejos mortos. Mastigaria o seu pastel de carne? Veria domingo o sargento Borba na rede de palha? Sonharia com Aldo Fiori? Com Celso Malacrida? Com a mão aleijada de Rafael? Agora, os dentes limpos e os lábios úmidos, um retoque no penteado caseiro, shampoo só aos sábados, no sorriso um descair de pregas como se tivesse sorvido outro licor às escondidas, dona Clotilde afrouxou as feições e o pudor. Só tivera o primeiro gozo, e único, depois dos quarenta anos, quando o marido, bêbado e estúpido, confundindo-a com outra, chamou-a de Clô. Que importava a traição se, nesse dia, ela e a cama estalaram?

A Jacira ainda nem tem corpo de mulher, Clotilde Bruno esticou o decote com o dedão e fingiu admirar-se. Fernando era *diferente*. Com a assadeira na boca do estômago, agora um arrotinho de nada, ela entortou a vista para o escritório. Os homens envelhecem da cintura para baixo, vingou-se.

A um arrastar de cadeira pelo assoalho, a mulher tentou assustar-se: sentia saudade de suas palpitações. Se resolvesse tomar um banho mais tarde, afiaria a gilete por dentro dum copo de vidro e alisaria as axilas. Alguém, na vizinhança, ligou muito alto um televisor. Dona Clotilde contou na estufa os pastéis murchos: restaram oito, das duas dúzias da manhã. Bom negócio. Se ela marcasse uma sobra de quatro, o velho não desconfiaria. Imaginou Jacira levando pastéis para Rafael na cadeia.

Antes só do que sozinha, era de mau agouro a luz amarelenta do escritório, Clotilde Bruno recolheu os pastéis e ajustou a assadeira nos quadris. Pensava no investigador Fiori, enorme e ossudo, a sirena da C-14 ampliada em cada telhado da Praça Nossa Senhora das Vitórias, que emoção, uma faca fina no ouvido e no escurinho do peito, o Aldo Fiori do lábio de assobio, Santo Antônio, esse tira era de apressar o mênstruo das seduzidas e a cólica das coitadas. Ele quieto, enquanto isso, moroso e branco, campanando a noite atrás do poste, o olhar parado, e só para irritar esfolava na sarjeta a biqueira do sapato-lancha. Subitamente, como um disparo acidental, uma gritaria, passos atropelados na calçada. Num salto, ele imobilizava o cabeludo pela gorja e jogando-o contra a parede ordenava, a mão na cabeça. Sem fazer sangue, estapeava a cara de vômito.

Dava um tesão apanhar do Fiori: ele estava demais

naquela noite: desafivelou o cinturão do boy, arrancou-o na puxada com passadores e descosturas, e gesticulando como um domador, ou um pai, modelou no revistado uma surra de couro. Abrindo a roupa, era o filho mais velho do Lu Santino, quem me dera trocar de pele com aquele vagabundo, iam pulando na rua os botões da camisa, meganha gostoso, os dois agarrados no beco, Fiori apalpando a descoberta sob a cueca, o dedo no tremor suado, ui, a calça no chão, bem beliscado o cuzinho cedia e, complacente, não punha os bofes para fora, e sim sementes, folhas, folíolos, inflorescências, caules, isso eu ouvi dizer, porque da minha janela a visão era ruim, e tudo foi muito rápido, mas eu sei que do rego da família Santino sempre se desgrudou a bagana, o pacau, o paiol, o dólar.

Com sono e mau hálito, brotavam do beco e da Praça Nossa Senhora das Vitórias as testemunhas oculares. Fiori batia a porta da C-14. O cigarro dele já saía aceso do bolso de dentro, o foco na mão em garra, um anel, o blusão de gola olímpica e o paletó pendendo do ombro. Como se não bastasse, benza Deus, um dia apareceu por aqui o PM Celso Malacrida, apertando a campainha da porta. Boa tarde, cidadã. Caiu no chão o pano de prato.

Dona Clotilde teve certeza, aconteceu alguma coisa com o Rafael, pelo que engoliu depressa quatro pastéis, só um sem a azeitona verde. Hesitou na porta entreaberta do escritório, há situações em que a língua atrás do dente não resolve. Fernando manteve-se calado. Do silêncio por esse modo dividido, o velho ficava com a maior parte. Porém, dona Clotilde não ia arredar tão cedo os joanetes, tão perto daquele homem esquisito e frio, muito pálido no cone da luz. Se ela tivesse deixado a assadeira no balcão e se aproximado um pouco mais, ambos sob o foco da lâmpada, eu sou amiga da casa, sentiria um cheiro de tabaco e camisa suja, a isso se reduz o mistério do macho, e não custava perguntar:

— O Rafael já veio?

— Ainda não. A senhora tomou nota dos pastéis que sobraram?

— Sim — ofendeu-se.

A assadeira, nas ancas, registrou um leve tremor. Aqueles pastéis gordurosos, murchos e mornos, tornariam no dia seguinte, entre as duas dúzias do costume, gordurosos, pesados e quentes. De comum acordo, prestaram atenção num carro com escapamento aberto, ao longo das ladeiras, até o barulho ser tragado por outros, abafado pela noite da Praça Nossa Senhora das Vitórias. Dona Clotilde encorajou-se:

— Eu sei que o senhor não acredita.

Fernando não demonstrou ter escutado.

— E faz muito mal em não acreditar — censurou-o com alguma ousadia e certa dificuldade em falar baixo, não que ela não se esforçasse, acabou confidenciando no tom menos agudo: — Eu conheço um homem na Vila

Guilherme.

Fernando reparou na assadeira.

— A senhora conhece um homem?

— Na Vila Guilherme — quase gritou e tapou a boca Clotilde Bruno.

— Pues — escarneceu Fernando. — Daqui ao Tatuapé e de lá à Zona Norte, y no más, com dois ônibus e um sanduíche a senhora chega ao homem. Quantas não arriscam, famintas, um trajeto mais acidentado.

— Só vendo.

— Sí.

— A Tenda fica na Rua São Quirino. Vai gente até de automóvel com motorista particular. Os carros, em volta do quarteirão, param até em fila dupla. Eu vi um de chapa branca.

O velho não se impacientava com o entusiasmo da vizinha. De soslaio, comentou:

— Essa chapa branca: algum cobrador de taxas por conta própria.

— Isso não sei.

— Um rato oficial: um farejador de bens.

— Quem sabe? — arrebatou-se dona Clotilde. — Por lá só aparece gente de qualidade. Ele era gordo e não usava uniforme.

O velho:

— He conocido los que hacen de la gordura su manta de honor.

Deixou bem claro dona Clotilde:

— Ali o consulente só precisa ter fé em Cristo.

Aquela mulher jamais cozinharia no tempo certo uma olla-podrida. Fernando lembrou Floripes, uma puta de Osasco, filha de vereador com morena de maloca, mas que aprendera a preparar uma olla-podrida. Correndo pela Rua do Triunfo, ela morreu no álcool e no fogo, e caso tivesse espalhado algum rastro, Floripes sujou de carvão e bentos óleos um boletim de ocorrência, esse o evangelho. Sí, uma puta de Osasco, ele recordava Floripes. A manga da camisa fez uma dobra. Depois do punho com botão de osso aparecia a mão lívida. Clotilde Bruno inclinou a cabeça.

— Mas o senhor não acredita.

Esse o evangelho, abateu-se Fernando e a penumbra diluía Floripes. Empelotando o rosto, um olho saliente, dona Clotilde expeliu um pouco de seu íntimo:

— Quando eu estou, como vou dizer, com angústias de desprezada, o senhor me entende, as mágoas do abandono, quantas vezes acordei grávida antes do amanhecer, ai, que susto, não é fácil parir como cabra, seu Fernando, num pesadelo, não existe nada pior do que a continência da viuvez, seu Fernando, nada como os bons humores, e eu tenho aconselhado muito a Jacira nesse ponto, pois o homem que eu conheço na Vila Guilherme, quem não conhece a desventura e a solidão, ai, ele me consola com o dom da palavra divina, quase de graça, tão barato, o preço duma cerveja, rezamos juntos, hosana, com fé e clamor, e sem baixaria imploramos o alívio, aleluia, aleluia, com o pensamento no topo do universo, ai, seu Fernando, acima da, como vou dizer, miséria terrena. Compreende?

    A hora da noite em que as mulheres sem esperança exalavam ansiedade e descuido, refletiu Fernando e viu nitidamente a janela com o gradil de ferro, ou o ar livre e noturno do outro lado, enquanto escutava os motores da rua. Dona Clotilde, com a luz no cabelo e laivos cinzentos no amassado da cara, acalmou-se:

— A Teresa com *c. a.* na garganta. A Teresa não tinha *c. a.* na garganta. Podia ter morrido na mão do médico se não fosse esse senhor meu conhecido descobrir aquilo que não aparece no raio X. Com a mentalidade e o auxílio de Cristo, ele desmanchou a coisada.

    Filamentos de sangue no branco do olho que surgia dum desvão obscuro, a mulher catalogou os efeitos de suas palavras, e sorriu. O velho disse:

— Mentalidade.

— Isso de desilusão e a vida presa... — sussurrou dona Clotilde e avançava o peito, se ele me morder eu grito, buscando as tentações do pavor e o conforto da imolação, eu ainda desmaio no colo desse homem. — Tudo em nome de Cristo, seu Fernando.

O BARALHO

Daí a pouco ouviram bater fortemente na parede pelo lado de fora. Nem bem dona Clotilde desatava o espanto, um gritinho e que vergonha por ter gritado, era uma menina, às vezes, agitando-se toda, a mão no sorriso nervoso, os pastéis quase pularam no peito dele, era uma menina sem tirar nem pôr, era o serralheiro Schneider dando palmadas no batente da janela, isso informou Fernando retirando do espaldar a jaqueta de couro esfolado.

— A senhora me desliga esta luz, por favor?
— Pode deixar. A Jacira...

Fernando vestiu a jaqueta. Disse:
— Foi passar uns dias com a madrinha em Osasco — o velho saiu para o pátio.

Encontrou Schneider na rua: uma sebosa capa de gabardine, muito curta, sobre o macacão, o cachecol xadrez e a botina de couro cru, Schneider desencostou-se do poste e, segurando o gorro na cabeça, cresceu no centro da calçada, quase embriagado, descansou no ombro de Fernando o braço possante. Não falaram nada. Atravessaram o largo e seguiram rente a um muro de blocos. Entrava na Vila Formosa um vento fino e malquisto, alarmando a poeira gelada, não se sabia bem de que lado, nas orelhas um bafo úmido de alcagueta. Schneider levantou a tranca e forçou o portão com o joelho. A folha pesou na soleira de cimento, raspando-se. O cachorro ganiu sob o pessegueiro raquítico. Fernando disse:

— Diga, Alemán, por que Rafael não veio para casa?

— Os homens foram duros — Schneider atirou o gorro para o cão abocanhar. — Cassetete nos rins e fio elétrico no corpo todo. Acho que ele não quis amedrontar a Jacira.

— Hoje de manhã levei a Jacira para Osasco.

— Rafael sobreviveu desta vez.

O cão ia na frente com o gorro. Tateando os bolsos da japona, Fernando pegou outra cigarrilha e acendeu-a na concha da mão. A chama tremia.

— Quem carregou o rapaz de volta?

Schneider usou uma voz neutra:

— A turma do drive-in.

— O Sunao Kina?

— Não. O Takeshi e um negro. O negro guiou o Volks até aqui.

No galpão de telha goiva, num canto onde a sucata se amontoava, uma fita de zinco se debatia ao vento e soava como um sino. Fernando acompanhava Schneider pelo mato seco e fuliginoso do quintal. Na escada de pedra, o cão devolveu o gorro ao dono. O frio tomou conta de Fernando, ou seria a velhice? Parado no degrau, ele não reconheceu o alpendre até Schneider ligar a lâmpada. O cachorro espichou as patas num saco de estopa. Fernando, pisando no rebordo duma calota, ouviu-a retinir no chão ladrilhado.

— Alemán, você percebeu se machucaram muito?

— Machucaram um pouco — Schneider vasculhou a capa e revirou o forro rasgado. — Foi só um aviso. Eu fico por aí com o cachimbo e o cachorro. Veja se você consegue desviar o menino desse caminho. O Rafael não serve — declarou o alemão e moveu-se às tontas pela varanda.

— Eu sei disso — conformou-se Fernando.

— O Rafael não tem estômago para conviver com a polícia.

— Eu converso com ele, Alemán.

Encolhido na tarimba de couro trançado, o rosto contra a parede, Rafael notou a chegada de Fernando pelo reflexo na janela. Virou o corpo devagar e sem gemer.

— Boa noite, pai.

— Então?

— Perdi dois dentes: estavam cariados: economizei a anestesia.

O pai observou que de algum modo tinham cuidado do rapaz, com um banho de gato e toalhas quentes, possivelmente o Takeshi, e Schneider.

— Hoje foi o seu dia de sorte — o velho levou a banqueta para perto do catre. — Temos dentista de plantão no distrito.

Rafael assumiu o sotaque dos desdentados.

— Temos — escondia o queixo numa fronha molhada e limpa. — Agora salto de coturno é instrumento odontológico.

— Sempre aprovei a eficiência, ainda que à custa de meu couro.

— Eu saúdo Fernando Navarro Alonso — chegou Rafael bem próximo do sorriso.

O velho, amarrotando o cobertor e crispando os dedos até as juntas empalidecerem, também tentou rir. Rafael voltou o rosto para a parede. Fernando enroscou a lâmpada dum abajur caído no assoalho; depois, afastou o lençol e começou a contar as feridas, uma a uma, essas e as outras, bem mais antigas, na mesma pele, nele e no garoto os vergões relembrados. Como se o medo vazasse, isso ele conhecia, as manchas do suor secavam em cima da dor e da vergonha, nos intervalos, quando as portas batiam e os passos desapareciam no oco de vagos corredores.

— Rafael — o velho arrumou a coberta. — Não vale a pena o risco.

— Apague essa luz, pai.

— Não adianta nada apagar a luz. Pero... — sentia o cheiro do álcool. — Você bebeu, Rafael?

— Um pouco dessa pinga do Schneider.

— Com canela... — desaprovou Fernando.

— Nada melhor para a gengiva, pai.

Com as pernas fora do catre, o rapaz imprimiu no lenço, ainda, a saliva sanguinolenta. Cauteloso, estendeu o braço. Respirando pela boca e pondo a mão no ombro do velho, buscou apoio para erguer-se. Fernando ajudou-o. Andaram vagarosamente pelos cômodos do alemão. Agora, abraçados, estavam na oficina. Através da vidraça ia fluindo a noite azulada. Rafael acomodou-se numa cadeira com almofada de lona. Disse:

— Até que não me castigaram demais. Eu não era preso político.

Fernando abriu e fechou uma gaveta. Abrindo outra vez, trouxe do fundo um jogo de baralho. Mudou a posição dum cavalete de ferro e arrastou um tamborete. Sob a luz velada duma lâmpada de mesa, na bancada, ia examinando as cartas do baralho.

— Espero que não tenham armado um flagrante.

— Não. Coisa de PM — Rafael esclareceu. — Largaram o pau numa operação de rotina. Um cara de boina me explicou que era preciso testar uns cassetetes importados.

— No lombo do próximo.

— No próximo, desde que civil e com antecedentes.

Fernando desabafou:

— Inquérito só se transforma em processo por falta de negociação.

Sabia Rafael que o pai molestava-se por causa de Aldo Fiori. Por enquanto, ele separava as cartas. Cinco de copas — aborrecimento. Seria coincidência? Cinco e dois de espada — morte. Segundo Floripes, não existe a coincidência. Aquilo não deixava de ser estúpido: ameaçar o Fiori dentro duma delegacia. Sete de copas — surpresa. Meter-se a sebo com a polícia por causa da Jacira. Cresciam bocetinhas aos milhares em nossa linda urbe. Sete de espadas — mudança. Não se dá conselho a um homem. Fernando destacou a dama de espadas.

— A Floripes — ele recordou — via o futuro neste baralho.

— Só o dos outros — replicou Rafael. — Não o dela.

— Desde quando puta tem futuro?

— Não era puta: era sua mulher.

O velho lançou as cartas em leque sobre a bancada.

— Nunca foi proibido escolher su mujer entre as putas: eu escolhi Floripes.

— Se ela entendesse de previsões, não ia morrer queimada na rua.

Acariciando, alinhando as cartas, fazendo-as ruflar no gume recurvo das unhas, Fernando Navarro Alonso considerou cansadamente:

— Você era muito pequeno. Se Floripes tivesse entendido o presente, o que aconteceu não ia acontecer. Eu sei que isto parece uma previsão ao contrário. Contudo, não me condene, hijo.

Rafael calou-se: permaneceu calado quando o pai, cortando o baralho, revelou um seis de ouros e o valete de copas. Fernando disse com a carta entre o indicador e o polegar:

— O Fiori está por trás de sua prisão, claro, e do espancamento. Ele não vai parar só na amostra. Homem nenhum esquece uma afronta, es la verdad, muito menos um policial de carreira. Um investigador não se contenta com dois dentes. Oiga, estou antecipando a evidência e não prevendo o futuro. Soy un viejo, e não um idiota. Cinco, dois e quatro de espadas. Imagino a cara de Floripes: a morte no quarto. Pegue a Jacira e desapareça daqui, Rafael.

Debruçando-se na cadeira, o rapaz misturou no maço as três cartas agourentas. Disse:

— Nenhum homem esquece uma afronta.

— Sí — concluiu Fernando. — Espanhol demais para a minha tolerância.

Dali Rafael avistava toda a oficina, e os fundos do galpão. Se fumasse uma das cigarrilhas do pai, a boca ia arder. Bastava a pinga com canela, que Schneider servira num canecão de folha de flandres. Calotas de caminhões pendiam das traves enegrecidas do teto, ao longo de cordas de nylon. Era bom lembrar que desde menino dominava as gambiarras daquela oficina. Esmeril. Prensa. Torpedos de solda a oxigênio. Ainda não se olhara no espelho. Mesas toscas, de madeira, onde se engatavam as morsas. Isso não aparecia nas fotonovelas da Jacira. Cavaletes de ferro fundido. O tesourão. A tesoura. A serra elétrica. A bigorna. A forja. Acima da forja a chaminé. Carvões sobre a forja. Quanto tempo demorou para compreender que ninguém melhor do que Schneider remarcava número de motor de carros roubados? Foi bom ter crescido nesta oficina, pai, desde cedo a pele no chuvisco do fogo, sabe, o ferro como exemplo e ponto de partida.

Rafael cortou, e Fernando dispôs as cartas.

— Ter o futuro en las manos.

— É obrigação do pai garantir o futuro do filho — Rafael ironizava.

— Eu não me vendo — esquivou-se o velho. — Jamais terei obrigações burguesas.

De que modo Floripes combinaria o sete de paus com o dois de copas? Obstáculo e estrada.

— Isto quer dizer... — ele concluía. — Você se mandou pelo pior atalho.

Com a escassa iluminação da janela, hesitante e mórbida, e jogado na almofada de lona, o rapaz divisava o tabique envidraçado do escritório.

— Não seria mal sinalizar as pistas com as figuras do baralho — comentou Rafael. — Só que os camaradas iam gastar algum tempo apostando.

— Outros fariam o retorno mais depressa — sugeriu Fernando.

— Que retorno? — Rafael pegou no ar o conselho do velho. — Que retorno, pai? Isso não existe.

— Rafael...

— Não tem volta — e ele foi ríspido. — É essa a diferença entre os caras: a maioria não pode voltar.

Aproveitando a sucata duma fábrica de dobradiças, Schneider soldava as peças e montava folhas de portão. Lá estavam as folhas, com calços, entre as mesas das morsas. Muitas vezes Rafael trabalhou com Schneider na mão de zarcão e óleo de linhaça.

SETE-DEDOS

— Em 1935, hijo, em Santander, um lugar com muita poeira, mas era uma poeira basca, um capitão mastigou o cachimbo para dizer a meu respeito: "Nada mais perigoso do que um homem..." Ya lo creo, Rafael, o homem se parece com a terra, por Dios, la tierra, não se vê o que ficou enterrado. Cavando, pode ser água, petróleo, dobrões de corsários, cidades inteiras, ossos, ou lixo, ou dinamite. Tive que atravessar o oceano poucos anos depois. Foi uma fuga, no entanto, a fuga de Fernando Navarro Alonso, yo, por causa de quem los cabrones foram obrigados a falar um dia: nada mais perigoso do que um homem. Você não me conhece. Fragilidad, tu nombre és mujer... Declamado assim não se confunde com Hugo del Carril? Pero... Mi porca vida correu os mesmos riscos duma vida edificante. Hijo, reparto metade de meu dinheiro com você e com Jacira para que recomecem longe daqui. Aunque no...

Rafael interrompeu-o:

— Eu tenho um apelido — o rapaz saiu subitamente da cadeira como se tivesse premeditado esse impulso e locomoveu-se ao lado das máquinas.

O velho indagou:

— Um apelido?

— Sete-Dedos — disse e espalmou na parede a mão deformada. — Já posso caminhar sem ajuda.

DIÁRIO, 1976

Junho, 8. Leio nos lábios do capitão: "Quartelada só é crime político quando fracassa". Bem perto, um agente penitenciário ri, e riso não se traduz. Continuo lendo o que o capitão fala: "Apenas tentado o golpe de Estado, é um delito. Consumado com êxito, inclui a glória e exclui a ilicitude".

Dou as costas ao grupo, no fim do corredor, e abro a biblioteca. Compreendo que o homem da galeria entre os pavilhões do fundo, um tanto pálido, o sorriso fácil e o olhar firme sob a grenha descuidada e escura dos cabelos, a bengala com castão de metal, a jaqueta de brim preto e as botinas de camurça, é Luís Guilherme Braga.

Ele está aqui desde abril e não se interessou em me ver. Até Portuga, um esquerdista insano, entrou nesta sala para me conhecer, visivelmente. Tanto quanto João Carlos de Munhoz Ortega, eu sou uma curiosidade científica: figuramos juntos na jurisprudência e em tratados de direito penal. Vencendo o preconceito e a repugnância, ainda que em nome da antropologia, Ana Maria Balarim Cotrim me distingue com a sua atenção exata. Até agora ele não viu a minha biblioteca.

Imaginei-o na soleira da porta, apoiando levemente a surpresa na bengala. O calor da ilha compunha uma sombra na paz e na severidade da sala. Carcereiro de livros, eu me erguia com a reverência dos solitários, ninguém acreditaria em minha mudez, enquanto duas mil lombadas o contemplavam. Cheguei a fantasiar, partilhando um pouco de sua constante e suave mordacidade:

"Schopenhauer", ele dizia e se aproximava, "eu me deixei prender pelo regime militar só para conhecer você".

Ou simplesmente:

"Como vai, Schopenhauer?"

o motim na ilha dos sinos

capítulo 9

JORDÃO GARGALO DE OURO

Destravou o Opala e deixou-o rodar em ponto morto ao longo das pedras escorregadias da ladeira. Às escuras, com os vidros embaçados, ele usou o freio com inesperada fúria. A vontade pelo corpo de Rosa não se atenuara. Aquilo mexia dentro dele, fazia-o tremer como se no ventre, ali, pressionando a fivela do cinturão, vibrasse a coronha duma pistola-metralhadora Thompson, que ele disparava em leque e em sonho contra uma turba enlouquecida de medo (um prazer adiado).

Tanta vontade: uma força que era a um só tempo arma e munição. Só na esquina ligou o carro, e acendendo as lanternas, a mão na alavanca do câmbio, entrou em segunda marcha pela Rua Coronel Rodovalho. No meio do quarteirão, girando até o fim a manivela do vidro, pegou o embrulho das rapaduras, apertou-o com desprezo e atirou-o num bueiro. O pacote se desfez, rasgando-se na grade. As rapaduras saltaram no asfalto e na guia da calçada. Os confeitos do cu da velha, ele pensou. Que algum cachorro aproveite a descarga. Ou um vigilante-noturno.

Ia correndo pela Rua Amador Bueno da Veiga.

Era necessário desfigurar a socos o rosto de alguém: um homem, qualquer homem que resistisse estupidamente — como certos presos políticos — na rua ou num porão com pilares de cimento e vidraças tapadas. Veio--lhe à mente o sorriso morno de Beiçola, até o bafo, mas o negro não suportaria a barra.

No entanto, apesar de dona Zuza e da hora solitária, uma simetria tomava conta da noite: pouca gente nos bares: nas travessas da Amador, brilhando de vez em quando a brasa dum cigarro, uns automóveis tinham o rádio ligado. Luciano varava o miolo da Penha, entre a Rua João Ribeiro e a Estrada de São Miguel, onde os donos iam reformando uma ruína sem história e expondo tabuletas.

Quem suspeitaria dos ratos atrás dos largos batentes? Era um momento em que ninguém se preocupava com ratos. Veloz pela Amador, só o Opala verde de Luciano, num caminho de venezianas fechadas e telhados que a luz de mercúrio despertava.

Nenhuma arruaça, nenhuma fuga-perseguição com o seu tropel de xingos. Logo, as putas e os viradores estavam faturando o combinado e não precisavam fazer cintilar a gilete fora da bolsa ou da bota. Nenhum tiroteio no matagal. Nenhum soldado vestindo a farda para brigar sem risco num ponto de ônibus, sob a luz clandestina duma birosca.

Atestava o pacau o peso da balança, e ele seria desmanchado em seguida, durante a madrugada, no exato número de fininhos para uma boca honesta, "sob a ponte e sobre o monte", como dizia o samba de Ziri do Itaim.

De novo o bicho favoreceu os banqueiros, porém, intocada a esperança, era isso que valia; e os bêbados penduravam a dívida até o próximo palpite, "sob o solo e sobre o colo", magno Ziri. Era uma noite em que se praticavam furtos e descabaços, naturalmente, mas tudo de escassa importância e os despossuídos — benza Deus — não chiavam. Para que incomodar os doutores? Também eles se liberavam para os seus afazeres de caviar e ópera.

Luciano prosseguiu pela Rua Evans, à direita, engrenando a segunda no aclive e parando no topo da lombada, frente a um quintal em cujo muro, de blocos caiados, os grafiteiros impunham a spray a sua arte. O PM saiu e empurrou a porteira. Depois entrou com o carro. Estranhou não estar por ali o Jordão Gargalo de Ouro, herdeiro daquele pátio de estacionamento. Ele sempre atendia Luciano prontamente, cuspilhando ao redor de seu prestígio de cabo; e mesmo entupido de chope, servil e tonto, já não insistia em cobrar a vaga. Não adiantava. Em troca, Jordão Gargalo de Ouro assumia — sem abuso — o direito de alardear alguma intimidade com a lei, nos bares da Amador e para os mensalistas em atraso.

Jordão Gargalo de Ouro, gordo, solteiro antigo, casara-se desde piá magro com todos os graus da bagaceira e as marcas de cerveja. Suas filhas, duas e pardas, davam e tresandavam nos carros dos fregueses. Cabia a Jordão Gargalo de Ouro, com pedagogia e exemplo, impedir que as filhas se ofertassem a outros que não fossem clientes da casa. Entretanto, Deus é testemunha, as filhas sempre arranjavam um jeito de esfolar a ética do estacionamento, levando para os abrigos de zinco uns avulsos sem carta, gente sem condução, notívagos desabilitados. Caso acontecesse de surpreender no ato a manobra das meninas, Jordão Gargalo de Ouro soluçava de dor. "Minhas filhas não são sérias". Nessa crise, ele interrompia o chope, apesar de escuro e de imaculado colarinho, e chorava para descurtir a bebedeira. A lucidez, involuntária e fatal, enervava-o ainda mais: até que um gole o calava, e outro o dispensava de crer nas decepções.

Guardando o Opala num dos abrigos do fundo, Luciano travou as portas e apanhou a capa e o capuz. Ismênia veio de salto alto e pulseiras, pisando sofridamente nos pedriscos do pátio. Dela se desprendia um cheiro de rosa bolinada. Agitou as franjas duma sacola de camurça.

— Oi.

— Como vai, Ismênia?

Arriscou um difícil equilíbrio para consultar com os cílios a aragem espessa.

— Bem que podia ir melhor.

— Para onde?

— Eu sei de mim — pelo que Ismênia escorregou e

amparou-se no antebraço militar. — Desculpe. Hoje você chegou tão tarde.

— Nem tanto — escondeu o capuz na capa e dobrou-a.

— Você não se cansa?

— O dever jamais cansa o soldado — recuou e comprimiu a capa com as duas mãos.

— Que moral — Ismênia espiou para dentro do Opala.

— Parece macio o estofamento desse carro. Nenhuma poeira. Que gostoso.

— Claro — confirmou Luciano. — Eu mesmo cuido. Uma vez por semana eu faço uma vistoria.

Ismênia queria dar para o cabo e não tinha coragem de se abrir por inteiro. E se você não me quiser, meu lindo? Quem nunca foi puta, eu acho, tolera melhor uma recusa. Enfim, um soldado alto, loiro e tesudo tem as suas manhas, eu sou a primeira a reconhecer. Mas não custa sonhar, concordam comigo? Ninguém sonha mais do que uma puta, eu acho. Um dia eu sonhei que transava com os quatro Beatles duma vez só. Help. Help. Não me deixem acordar. Que deslumbro, Luciano. Mas eu preferia ser fodida por você, uma autoridade, ai, o pau armando uma tenda na farda e descosturando tudo, um estouro, voando botões e medalhas, ai, meu soldado, eu me imagino deitada no chão para ser atropelada por um tanque de guerra, ou um carro oficial a toda velocidade, ai, a autoridade pode tanto, concordam comigo?

Estremeceu, ou sacudiu-se, e na noite imensa as pulseiras soaram como guizos. Não ficou nisso, eu sei de mim, nessa ocasião foi um pouco mais longe a Ismênia. Eis que modelou um olho redondo na boca, entreabrindo-a devagar como quem move as pálpebras oleosas de suor, Ismênia Gargalo de Ouro. Você não se cansa? Tenaz, ao ponto da confissão física, ela criou entre ambos o vazio para que ele o preenchesse. Contudo, Luciano não se aventurava. De cabelo cheio e olho mendicante, a blusa preta e a calça Lee muito apertada, espremendo a bundinha, era de lascar a triste Ismênia. Magra, as pernas afastadas — de transitar pelo arco um Código de Processo Penal Anotado — e mascando chiclete, putz, que cão danado disputaria tais tíbias e perônios?

A irmã, a esbelta Maria Sapoti que, fodendo por cima ou de flanco, vocalizava na orelha do parceiro os agudos imortais de Angela Maria, comovia um tanto. Eram parecidas, sendo Ismênia a irmã feiosa. Luciano perguntou:

— Onde está a Sapoti?

— No Volks vermelho, se virando.

— Com o dono?

— Não. Um velhote sem carta.

Luciano riu e guardou as chaves na túnica.

— Hoje o Jordão canta um tango funerário.

— Imagine... — a desolada Ismênia alongou molemente os lábios para o nada. — Ciao, Luciano... — estendeu a mão que ele não viu.

— Ciao.

Ela fingiu vasculhar a sacola. Arrebitou ao máximo a bundinha, e tropeçando, ai, na estrada do adiamento, soergueu-se com a cabisbaixa dignidade dos solitários.

O cheiro da rosa perdurou no escuro, e as pulseiras tilintaram no derradeiro chamado.

ÁRIA DE MARIA SAPOTI

Rastejava pelo quintal uma grama rala, socada pelos pneus que iam deixando um sobre o outro as marcas de sua rodagem fuliginosa. Luciano preferiu andar por uma calçada de pedriscos, com tempo para que Ismênia se distanciasse. Nisso a porteira se moveu, e Luciano parou diante dum foco de luz alta. Ismênia mostrou a quem chegava o abrigo mais próximo. Era um Chevette.

A copa duma amendoeira ondulava rente ao telhado da casa. Ninguém se importava com as folhas cor de ocre, no chão, ou nas calhas enferrujadas. O PM anunciou-se:

— Gargalo. Sou eu.

Pelo vidro quebrado duma janela, no fundo do alpendre, vinha o som dum rádio com pilhas gastas. Luciano olhava os pilotis de tijolos e sobre eles as vigas; em cima das vigas, transversalmente, os caibros; depois o soalho e as paredes de mata-junta.

Aquilo tinha sido uma casa de madeira nobre, dos anos 20, quando as terras da Zona Leste não valiam muito e os sítios abrangiam o mato indevassado. A cobertura de telha francesa protegia também o alpendre, a toda volta, circundando o que fora uma residência. A porta da fachada ainda ostentava postigos duplos, com rótulas e guarnição lavrada. A imbuia suportara o abandono. O gradil do alpendre era da velha peroba. Um trecho do soalho cedeu e, desse lado, escoraram a casa com blocos de cimento.

Luciano chamou:

— Oi, Jordão.

A tosse de Jordão Gargalo de Ouro encobriu a voz do locutor e outros sinais roufenhos. Todavia, um jingle escapou inteiro do rádio para a varanda. Desistindo de se avistar com o dono do estacionamento, Luciano afastou-se, distraído, e esbarrou na parda Maria Sapoti. Ela morreu de susto e ressuscitou.

— Sapoti — riu o PM. — Gozou tanto que não se aguenta nas pernas?

Ela ainda cambaleava de pavor, apesar dos seios, já recuperados e impondo-se pelo decote de cetim roxo.

— Sapoti, hoje foi o seu dia. O cara devia ser bom de banco traseiro.

A mulher aprumou-se nos saltos, e como quem se restaura dum desmaio e retoma o comando das palpitações, imagine, respondeu antes fosse e que não era nada disso.

— Como não é nada disso? Maria Sapoti, confesse o pecado. Não seja mal-agradecida.

Maria acusou de frouxo o velhote do Volks. De cueca listada, fique sabendo, ele deixara na mão a talentosa Sapoti. Ela se acariciava nas laterais da saia de napa. Venha comigo, Luciano. Declarou-se louca e pronta para o estofamento do Opala verde.

— Não faça onda, Sapoti.

O ar, subitamente leve, pareceu ter preservado da realidade o rosto de Maria Sapoti. Seu olhar invocava a noite insana. Luciano, vamos para o Opala. Eu estou louca, louca, louca. Ergueu a saia para cair de joelhos.

— Não encha o saco — o militar cuidou logo de avisá-la. — Não vou sujar o meu carro.

A mulher agarrou-o. Luciano gritou:

— Vadia. Tire as unhas de cima de mim — e usando a capa e o capuz à maneira dum rebenque, com violência medida e sem espalhar o dinheiro, atingiu-a no alto da cabeça e na face.

Ela desgrudou-se do soldado. Um pouco de sangue afluiu-lhe ao rosto, ou um pouco de vergonha, por isso Maria Sapoti não se preocupou em arrumar os cabelos. O PM segredou-lhe antes de ir embora:

— Qualquer dia eu venho aqui e a gente se diverte no Opala.

— Verdade? — balbuciou sem erguer os olhos.

— Claro — roçou-a com o quepe. — Mas hoje não quero.

A voz sumida entre os cabelos:

— Quando?

— Sei lá, porra.

O MENSAGEIRO DE IVO RAHAL

Recobrou Ismênia o abatimento e as olheiras exaustas. Era apenas o Chevette daquele aleijado. De vez em quando Tadeu aparecia para conversar com Gargalo nos fundos da casa. Nunca demorava, não bebia e jamais convidava mulher para o banco traseiro. Ismênia viu-se no retrovisor da porta aberta e pensou em retocar no quarto, ou no lavabo, as cores falsas. Entretanto, ao mesmo tempo colante e lassa, era sob medida a tristeza de Ismênia: caía-lhe como um vestido de noite.

Num domingo, o aleijado, meio corcunda e de cigarro na ponta duma piteira de âmbar, chegou a olhá-la no Cine Júpiter. Cruzes. Era verão, um fim de tarde, as emoções predispunham ao sorvete, e não à piedade, um vago temor arrepiou as costas nuas e magras de Ismênia. Atrás da cortina, o homem se mexia como uma aranha e não queria acreditar na repulsa. Os aleijados não se enxergam, concordam comigo?

Nunca mais aborreceu-a. Não iria ao quarto, nem ao lavabo, lidar com cremes e disfarces. Ismênia refletiu se alguém que valesse a pena, alguma vez, notara as suas olheiras ou a palidez de sua boca. Tadeu, pardo e de cabeça grisalha, desligava os faróis e torcia-se sobre as muletas canadenses.

— Seu pai está, Ismênia?

— Boa noite.

Com um sorriso de dor, Tadeu capengou atentamente ao longo dos pedriscos e circundou o alpendre. Acostumara-se a entrar na casa pela porta de tela. Ismênia fitava-o sem caridade. As sombras o encobriram junto a um dos pilares, e ele bateu palmas sob a luz queimada do lampião. O som do rádio e um cheiro de vômito alcoólico indicavam Gargalo no divã da sala.

Tinha sido alto, de musculatura eficaz e até loiro, o Jordão Gargalo de Ouro. Agora, os ombros mofinos, a barriga de bacião e as sobrancelhas brancas, ele ainda aguentava bem a bebida e a indolência.

— Ivo Rahal não desiste — ele tossiu e escarrou no chão ao reconhecer o aleijado.

— Venha para a cozinha, Gargalo. Vou tomar um café. Você resolveu alguma coisa?

Agarrado ao velho couro do divã, sentindo que, com a irritação, a embriaguez o abandonava aos poucos, Gargalo arrependia-se de não ter esvaziado durante a tarde o estoque de sua adega. Gritou:

— Não vou vender o meu estacionamento.

— Eu não sou surdo e sei que você já não está bêbado — Tadeu era capaz dum sussurro autoritário e carregado de ameaça.

Gargalo veio para a cozinha.

— Eu não quero vender nada — desculpou-se.

O mensageiro de Ivo Rahal, manobrando as muletas com perícia e calma, quase com prazer, ia riscando os ladrilhos com as ponteiras de borracha, produzindo um ruído macio e enervante. Disse:

— Então você resolveu alguma coisa.

— Vou servir o café.

— Amargo — lembrou Tadeu. — Sempre amargo.

Gargalo requentou o café num bule de ágata. Tadeu tomou-o na pia. Para isso envolveu a xícara com as mãos, apertou-a para impedir o tremor, e sem retirá-la do granito, esforçando-se para dominar a agitação súbita, aproximou a boca do rebordo, soprou a fumaça, foi sorvendo o líquido muito escuro. Parou na metade e voltou-se, oscilando sobre as molas e os alumínios canadenses.

— Não vendendo isto — o olhar avaliava com humor e sagacidade a decadência do proprietário — a alternativa seria aceitar a proposta de arrendamento?

— Tadeu, eu tenho algum receio dos negócios de Rahal. Ele conta com o apoio da polícia. E eu?

— Contamos com o apoio de Rahal, imbecil. Ele quer dinheiro e segurança também para os seus sócios. Nisso se baseia a fortuna dele.

— Eu não sei — gemeu e atarefou-se pondo açúcar no café grosso e retinto, minuciosamente.

Tadeu, conseguindo não tremer, manteve a xícara na pia e bebeu a outra metade, morna, pausada e tensa. O rádio silenciou sozinho. A garganta seca, o suor no pescoço, Jordão Gargalo de Ouro não se conformava com a lucidez que, cruamente, o expunha perante o mundo de Ivo Rahal. A um passo da bateria de ferro, o aleijado estacou no meio da cozinha.

— Então você não sabe.

— Eu não sei... — Gargalo rememora rótulos de cerveja.

— Mesmo um bêbado como você entende que os pontos na vizinhança de Congonhas estão fechados para Ivo. Na década de oitenta a Base Aérea de Cumbica será um Aeroporto Internacional. Este é o momento de arrendar uns lugares estratégicos e a sua espelunca, idiota, fica praticamente na divisa de Guarulhos e com acesso fácil a Santos. Ivo adora o mar.

De mãos nos bolsos da calça, estudando com afinco os ladrilhos da cozinha, apresenta Gargalo a hipótese de ser o Aeroporto localizado em Caucaia do Alto. Sonha com o alvo colarinho dum chope.

— Engano — diz o aleijado. — Os ecologistas farão uma campanha contra a construção das pistas em Caucaia do Alto e ganharão, não em virtude das reservas florestais, mas por causa dos criadores de cavalo de raça, cujos sítios, chácaras e haras estão naquelas serras, entre Cotia e Itapecerica. Beba o seu café, Gargalo.

Ele obedece, e suas vísceras recalcam um medo frio.
— Da Colômbia vem o melhor café, Gargalo, e a melhor *farinha*. Queremos o seu estacionamento para depósito, não para laboratório. Não há perigo nenhum. Está passando o tempo da maconha, Gargalo. Não seja saudosista. Todo poder à cocaína. Não atrapalhe a evolução dos costumes. Enriqueça, homem. Vingue-se do mundo que fez de você um bêbado.

Percebe Gargalo que o rádio não toca mais. Tadeu discursa:

— Na década de oitenta teremos presidentes civis, Jordão, todos organizados em quadrilhas partidárias e ansiando por grana, muita grana, qualquer grana, para montar as eleições livres e democráticas. A democracia não exige defensores. Ela só precisa de contraventores e afins.

Com decisão, Gargalo mistura conhaque ao café.

— Eu não compreendo — bebe.

Apertando os olhos enquanto os lábios se curvam num sorriso de traição e indulgência, Tadeu indaga:

— Você tem alguma coisa contra o dinheiro?

— Não — diz e agora o conhaque puro o acaricia.

— Pois o dinheiro vem pedindo hospedagem em sua casa há uma semana. — Tadeu argumenta: — O dinheiro não suporta injúria. Ivo Rahal também não.

Gargalo vê a garrafa vazia como uma fatalidade.

ATO DE CONTRIÇÃO

Na Rua Evans, andando pelo meio da calçada, tirou do bolso o maço de cigarros e a aliança. Pesou-a na mão, sob a luz do poste. Não sacaneara com a Rosa nem com as pardas do Jordão Gargalo de Ouro. No entanto, soldado regressando ao lar, seus impulsos se anestesiavam, como se tivesse já arrancado as botas e a camiseta. Ele já não queria foder ou agredir. De passagem, mea culpa, batera em Maria Sapoti: nada que uma trepada não corrigisse oportuno tempore. Ele se sentia um animal que, apoiando a cabeça entre os cascos, antegozava o sono. Ajustou a aliança no dedo e acendeu o isqueiro.

Considerou o dinheiro sujo que ganhava. O dinheiro era sujo porque era pouco: um ou outro suborno, um arreglo, farejando por certos corredores onde a mens legis se reduzia a seu princípio diretor: mais telepatia e menos palavras. O investigador Aldo Fiori, da Lapa, era um mestre nisso. Outro repentista do achaque era o Corvo II, de Aricanduva.

De profundis. Ante a brasa do cigarro, e pensando na justiça, concluiu Luciano que o suborno só simplificava os trâmites: a pena se antecipava ao processo. Themis vincet. Ave Themis. Expeliu uma fumaça compreensiva. Mea maxima culpa, eu roubo. E quanto aos outros delitos patrimoniais, tão provocantes, alguns tão instigantes, todos contagiantes, por que limitá-los ao campo dos Três Poderes?

Beiçola, Vesgo e Joel My Friend, harmônicos e independentes entre si, iriam denunciá-lo quando o vento virasse, para não se enredarem sozinhos nas diversas togas, indefesos, pagãos e sem esperança. Uma palavra contra a outra, e sem testemunhas para prostituir a verdade, credo, esses marginais não manchariam de lama o fardamento da lei. O cabo mordeu o filtro do cigarro.

Diabo. Não era fácil ir longe sem testemunhas presenciais. Das sombras, ou por detrás duma porta, sempre surgia alguém com inveja de nosso sucesso. Até agora tinha conseguido algum, ele refletia. Sem sair do Opala, sabendo onde estacioná-lo, preparando uns lances de rendimento seguro, estava conseguindo algum.

Luciano amarrotou o capuz e percebeu o dinheiro. Tragou a fumaça. Tantas coisas erradas. Um dia deixaria de fumar. Recordou uma preleção do delegado A. C. Noronha sobre os malefícios do fumo. Tabagismo, perfeito?

MARILU

Sem ruído, para não acordar Marilu, ele passou a tranca na porta e encostou a testa na madeira do batente. Ao voltar-se, olhou circularmente o escuro. Corria o risco de sentir-se limpo. Os objetos iam surgindo sobre o chão encerado. Largou o quepe no console do vestíbulo e evitou o espelho. Estava cansado e com fome. Na sala, esquecendo a capa no assento da cadeira austríaca, despejou a grana do capuz numa gaveta. Marilu encontraria o dinheiro pela manhã, antes do café, divertindo-se; faria contas em papel de embrulho e distribuiria as notas em velhas carteiras de couro arranhado, junto a fotografias e recortes de revistas, descorados, com receitas de curau e caldo verde, e as orações a Santo Antoninho Marmo e a Nossa Senhora do Bom Parto.

Era inocente, Marilu. Viciada nas quatro operações, a mão no queixo e o cotovelo na mesa, ia alinhando os números e roendo o lápis para depois camuflar os amassados na tampa de borracha.

"Luciano, onde você arruma dinheiro na metade do mês?"

"Um presente dos trouxas."

"Há alguma diferença entre otário e trouxa?"

"Desde que a prata seja a mesma..."

Marilu escolhera não julgar. Nunca teve ânimo ou paciência para a ética. Na primeira noite, num quarto de hotel cuja vidraça mostrava o Jardim da Luz, ela chamou o marido e o surpreendeu:

"Olhe..."

Exibia-se nua e febril. Isso bastou para acalmá-la até a madrugada. Ainda dormia no colo dele quando os ônibus começaram a rugir ao lado da Estação.

"Isto vem dos trouxas? Por quê?"

Luciano nunca lhe fez um relato completo. Marilu gostou do que ouviu. Nada mais justo que os trouxas pagassem aos policiais o pedágio de ir e vir para livrar a cara nos acidentes da vida comunitária, como as rixas e os atropelamentos, por exemplo.

Às vezes, num drive-in, um cavalheiro de cueca e meias dividia o espaço com uma garota menor e pelada. Ora, não fosse a multa o preço que se paga pelo direito de delinquir, por que condenar ao embaraço e ao desassossego um homem compenetrado de seus deveres de — a todo transe — contornar o escândalo?

Não só os costumes, relaxemos também o flagrante, pelo preço condigno. Você não conhece o mundo, Marilu, mas alguns negociantes lesam o fisco. Assim, por que não recompor o cofre público do ponto de vista do bolso privado? Todos ganham. Aliás, meu amor, cedo compreendi que a máquina registradora, longe de separar, liga os homens na única confraria possível.

Marilu somava e diminuía. Uns traficantes, minha criança, partilham os lucros com a polícia. Onde quer que se encontre, a solidariedade sempre comove e sugere encômios. Marilu fez uma conta de vezes, e de pura saudade extraiu a raiz quadrada.

Pense nos trouxas, meu anjo, que não conseguem subsistir sem o entorpecente. Sejamos misericordiosos, e participativos, diante da humana fraqueza. Pense mais. Quando vale a pena, uns assaltantes perdem para a polícia o que roubaram. Mas permanecem com a liberdade — o supremo bem — para se virarem nos momentos despoliciados da vida.

Você ainda não tomou conhecimento disto, Marilu, de gente que, veja só, assina cheques sem fundos. Então, por que não cobrar esses cheques para as vítimas, com uns pontapés, arrecadando uma porcentagem do dinheiro perdido? Há investigadores que levam a grana toda. Convenhamos. Ninguém, Marilu, ninguém embolsa nesse caso a vitória moral do credor.

Rindo, mordendo o lápis e pressionando os cotovelos na mesa, Marilu chegou sem esforço a um mínimo múltiplo comum.

"Se os outros fazem tudo isso, meu marido, você não pode ficar atrás, marcando passo e dando mau exemplo."

"Mau exemplo", ele encarou a questão por esse ângulo ainda não cogitado. "Sim. Não posso assumir o perigo do mau exemplo. Tenho um nome a zelar".

Uma noite, na sala, depois de ter jogado na gaveta a féria do capuz, o PM sentou-se ao lado de Marilu.

"Com a ditadura não há quem não tenha medo de soldado. Mesmo num desfile de modas, basta aparecer uma túnica meio verde para que o rego civil se aperte."

"Luciano..."

"Desculpe, Marilu. A caterva não distingue entre o Exército e a polícia. Por quanto tempo uma ditadura militar se prolonga? Como se conserva o medo coletivo? Não interessa o que os imbecis e os intelectuais pensam de tudo isso. O nosso dever de soldado é arrancar o couro de quem se deixa prender. Ninguém se sujeita a um depenamento sem ter pelo menos alguma culpa."

Marilu concordava:

"Também acho."

"Eu decorei uma frase do delegado A. C. Noronha. Ele explicou numa palestra, no Barro Branco, que enquanto não vier a administração jurídica dos vícios, cabe à polícia administrá-los de fato, ainda que por meio do desorganizado empenho pessoal."

"Não entendi", admitiu Marilu.

"Tanto melhor", ele desconversou.

"O meu pai apontava na missa das dez, em Santana Velha, os homens que enriqueceram no câmbio negro, com as duas guerras. Mas eles doaram os vitrais da Catedral. O meu pai, com toda a honestidade dele, nunca doou uma bola de gude a ninguém. Da pobreza não resulta coisa nenhuma."

"O pobre depende do bem", interveio Luciano. "O pobre só existe porque o rico financia o bem".

"Hum..."

"Seu pai escreveu?"

"Não. Eu estou muito agradecida pelo modo como você tratou o meu pai."

"O que eu não faço por você?"

Os pais de Marilu não aprovaram o casamento. Eram professores primários na Vila dos Lavradores, em Santana Velha, e só falavam mal do Governo antes da sopa noturna, para esperar o café. Queriam para a filha algum professor secundário. Corrigiam provas aos domingos e ouviam música erudita no rádio. Claro que não eram comunistas. Luciano preparou uma carta anônima, acusando-os de terrorismo latente, e endereçou-a a um promotor da Comissão Estadual de Investigações. Os mestres suportaram uma sondagem ideológica que, ridícula, gorou logo. Porém, muito assustado, o professor Aristides abalou-se de Santana Velha para a Penha de França, com um terno de casimira e uma caixa de pessegada, para reatar com o genro os laços de família.

"Não se preocupe, meu sogro. O senhor bateu na porta exata. Vou cuidar disso."

"Por favor..."

"A dona Vanda melhorou?"

"Sim", o medo tornara inquieto o pomo de adão e

mais afilado o nariz do velhote. "Ela emagreceu um pouco", também o nó da gravata não se comportava no colarinho. "Ela manda lembranças".

Luciano olhou para o retrato na cristaleira. Marilu estaria dormindo sem nenhum cuidado, nua e indefesa, de lado, o lençol entre as coxas lisas e a pétala do sexo, rosada, mostrando-se por trás na pelagem mínima. Eu deveria sentir um aperto na garganta, refletia o PM, e refletindo, inibia-se para qualquer tipo de emoção. Marilu era apenas uma garota com quem ele dividia a trepada conjugal.

Os cabelos castanhos daquela menina, quase aloirados, conservavam uma espécie de luz. Os olhos eram pretos. Se a testa se franzia, só podia ser uma dízima periódica simples, ou composta, derramando números. Melhor isso do que o leite. Marilu descalça, de vestido curto e leve, com os pés nos joelhos do marido para subir-lhe ao colo, agarrando peito, garganta, pescoço, cabeça, até escanchar-se por trás dos ombros — fardados ou não — como uma guria confiada.

Rolavam no tapete Tabacow, marrom e crespo, mas ainda não tinham aspirador de pó.

A PRIMEIRA VEZ QUE VI GUIÔ

A primeira vez que vi Guiô, ela era parda de pele, branca de rosto e negra de anca. Quando vim de Santo Amaro da Purificação, morei num beco da Rua do Gasômetro. Pior que o demônio, tinha Guiô o dengo no corpo, e no ventre chato as receitas de Eleutéria. O cabelo, que nunca nasceu perverso, descaía pelas costas, fios pretos e grossos de índia. Vi seus pentelhos por baixo da rede do Ceará. O umbigo ela mostrava sob a blusa encolhida.

A primeira vez que vi Guiô, ela não me viu. E depois, quanto a isso, nada mudou e eu nunca levei a sério as receitas da existência. A sábia e negra Eleutéria não se cansava de me beliscar o pau sobre o calção: "Nego, não endureça o Exu na direção errada".

DIÁRIO, 1976

Junho, 9. Tenho oito anos de idade e carrego pela Rua Marechal Deodoro um galão de tinta. Melhor ensinar ao mudo um ofício, meu pai repete isso e se diverte observando com que esforço eu arrasto a carga: a alça do galão marca o meu braço. Subimos a ladeira desde a Rua do Sapo, não muito longe da ponte, e paramos um pouco no Bosque. O vento agudo e gelado das montanhas rodeia os meus ouvidos.

Viemos pintar o sobrado dum médico e já chegamos. Tio Artur trouxe ontem as escadas e um encerado de lona. Agora ele enfia na minha cabeça um gorro de jornal. A dona da casa oferece a todos um café preto com xícara e pires. Ele não fala, explica meu pai, e soprando o café, com saúde e ruído, demonstra que só por acidente gerou um retardado. Mas ele vai aprender um ofício, depõe na bandeja a xícara e o pires, atencioso, quase servil, com a curva educação dos Lourenço.

Mulher de médico, a dona da casa alisa o meu braço ferido. Uma menina de tranças aparece e se esconde atrás duma porta. Meu pai arma no corredor a escada grande. Começa o barulho da raspagem. Devo esfregar as folhas de lixa no portão de ferro, além do alpendre, no muro onde termina o jardim, e depois nas barras do gradil. Mas não vejo nenhuma ferrugem.

Na hora do almoço, tio Artur esquenta a marmita numa espiriteira a álcool. A mulher me traz um cacho de uvas rosadas. Eu faço de meu dorso um gancho. Ele é mudo e não serve para muita coisa, mas sabe agradecer, adverte meu pai com um humor condescendente. A menina de tranças se oculta no jardim. Talvez meu pai goste que eu pareça um retardado.

Vou ao jardim, ainda tenho uvas na mão. Tio Artur acende um cigarro, as uvas se acabam. Não encontro a menina de tranças, uma pesada porta de ipê se entreabre para que saia do hall um velho cachorro cego. Ele me fareja, coitado, já não identifica todos os cheiros da casa, alguma coisa me prende a atenção através da porta. Misteriosamente, vista dali uma parede de tijolos verticais me atrai com a sua confusão de contornos, brilhos e signos. Deixo as alpargatas no capacho. Devagarinho, dentro já do sobrado, invadindo os luxos de granito e madeira envernizada, nada me embaraça. Os tijolos verticais são deslocáveis, são livros, eu já vi um ou dois livros, mas não pensei que com eles se forrasse toda uma parede.

Descalço, com frio, eu me ajoelho e sento sobre os calcanhares. Toma-me um atordoamento. A mulher e a menina de tranças, no meio do corredor, me espionam. Pego um volume a esmo. A menina de tranças sufoca um riso. Eu me volto, e de algum lugar, não de meu corpo, de algum lugar no espaço, eu olho para ela. As mãos do idiota que retiveram até bem pouco tempo um cacho de uvas rosadas seguram agora, com delicadeza e incompreensão, *Die Welt als Wille und Vorstellung*.

A mulher me acaricia os cabelos, pacientemente: "Schopenhauer", e repõe o livro na estante.

Passei a noite com febre e no dia seguinte não fui trabalhar. Soube que a mulher perguntou a meu pai: "Por que o Schopenhauer não veio?"

Junho, 10. Deus, quando nos ofereceu a outra face, revelou-nos o demônio.

o motim na ilha dos sinos

capítulo 10

O SOLDADO

Supôs ter percebido o ressonar de Marilu no quarto. Não havia poeira sobre os móveis. Acendeu a luz da cozinha e pisou na cerâmica. Tudo estava muito limpo. Através da vidraça, onde a noite se confundia com o vidro polido, ele viu a mangueira no fundo do quintal, a copa negra que, com a claridade e os bem-te-vis, de madrugada, mostraria as folhas vermelhas e verdes.

Luciano, lavando as mãos e o rosto na pia, acabou por molhar um dos tapetes. Aborreceu-se um pouco e procurou conforto na toalha felpuda. Abrindo a geladeira, retirou a travessa com o salsichão lionês, já cortado em rodelas. Temperou-as, uma a uma, com molho de pimenta. Abaixou a tampa do congelador e pegou uma lata de cerveja. Alguém duvida que o investigador Aldo Fiori seja o homem de Benevides na Lapa de Baixo? Cobrindo o canto da mesa com um guardanapo, o PM trouxe o pão para perto. Aldo Fiori, apesar de civil, tinha colhões. Luciano dispensou a faca. Ele se acostumara a partir o pão em pedaços, com a mão. Reparou nas poncãs que Marilu teimava em exibir na fruteira. Por estar cansado e com fome, riu. Ontem, depois do almoço, revelara a sua aversão por essas frutas de casca frouxa.

"Eu não gosto disso."

"Por que não?"

"Não gosto de fruta molenga. Apodrece depressa."

"Então é preciso engolir depressa", resolveu Marilu.

"Vou descascar uma para você".

"Não, garota."

"Vamos", ela brincava. "Antes que apodreça".

O soldado calculou que nas trincheiras, ou numa blitz urbana, o pensamento imbecil distrairia a todos sem prejuízo da logística. Olhando as paredes, ele desenvolvia a consciência de que a noite, com a sua carga, estendia-se lá fora para oprimir a cidade, sobre os casebres e os esgotos, enlouquecendo os ratos e os seus caçadores. Disse o delegado A. C. Noronha: "O uso da cannabis sativa produz um tipo de fome a que chamamos larica. Inútil procurar no vocabulário de Coriolano Nogueira Cobra. Consultem o *Dictionary of Criminology*, by Richard Hopkins, 1974, Cambridge University Press".

Marilu trabalhara o dia inteiro. Se o soldado não proibisse, ela seria capaz de encerar o quintal, e ainda escrevia longas cartas a dona Vanda e a seu Aristides. Primeiro rabiscava no caderno um rascunho, com a letra alta e apertada, desenhando um círculo no lugar do pingo. Depois, sem modificar nada, copiava palavra por palavra num papel pautado e insistia para que Luciano lesse o texto. Com um sorriso divertido, à beira de alguma infantilidade, a garota sugeria ao soldado:

"Neste espaço você escreve que sente muita falta de

minha mãe e de meu pai."
"Marilu..."
"Por favor, Luciano."
"E os meus princípios?"
"Já dependurei a sua farda no cabide. Ninguém, de cueca, leva a sério os princípios. Escreva neste espaço que passaremos o Natal com eles. Por favor, Luciano."
Surpreendido, e depois desconfiado, ele se calou, então. A ambivalência teria sido apenas casual? Saberia Marilu que os princípios se esgotavam nas costuras da farda e no brilho dos emblemas?

Agora o cabo PM comia o salsichão lionês. Bebeu a cerveja na lata. Aproveitando com o miolo do pão o molho da travessa, lembrou-se do escrivão-chefe Benevides, da Zona Leste, que espraiava sumo de limão na lata de cerveja, ao redor da argola, e em seguida umas pitadas de sal. O escrivão Benevides também tinha colhões, como Fiori, e de algum modo como Corvo II, um pequeno investigador que crescia quando torturava, desabotoando o colete e alisando na cintura, com fácil obscenidade, o Taurus-38. De salto alto, dente de ouro e soco inglês, Corvo II fazia justiça.

No vestíbulo, entre a cozinha e o banheiro, o soldado despiu-se e abandonou os princípios sobre a tábua de passar roupa. Batendo a porta, moveu o registro e esperou que a água esquentasse. Quando percebeu o vapor, entrou no box e vedou-o com a cortina de plástico.

JANUÁRIO BENEVIDES

"Gordo pouco a pouco..." Assim Fiori descrevia Benevides. O porte do escrivão era imponente. De rosto magro e comprido, os ombros estreitos e as mãos agrandalhadas, ele ia aumentando de cima para baixo, como uma pirâmide. Benevides escondia as volumosas coxas numas calças largas, sempre amassadas, e os pés enormes nuns sapatos de biqueira redonda. Usava colete, bigode fino, óculos de aro de aço e fumava cachimbo. O fumo apenas suavizava o cheiro de plantão noturno que acompanhava o escrivão nos churrascos da *casa*, na reservada cerveja do Kioko's e nas missas de sétimo dia. Passava as férias no distrito, o Sexagésimo, aspirando pelas vidraças os odores do Tietê. Protegia com tamanha eficiência os negócios de Ivo Rahal, na Zona Leste e num trecho mapeado da Zona Norte, que conseguira infiltrar-se na Lapa de Baixo, com o protesto de perigosas esferas. Imperialismo, perfeito?

Luciano esfregou o sabonete no peito e espalhou a espuma. Pensava no dinheiro do capuz, uns trocados, rala sangria no couro dos escolhidos, de provocar a compaixão de Rahal e o desprezo de Fiori. Com os olhos cerrados, ardendo, tateou em busca da esponja. Entortou a cara e o sorriso contra o jato forte da água. Tinha sido ótima a perfom1ance de Joel My Friend. Benevides não aprovava o recrutamento de marginais. "A polícia não combina com nenhuma forma de paternalismo", ele doou esse conselho aos amigos, durante um expediente, pondo o papel-carbono entre as folhas e gesticulando com os dez dedos no teclado da Olivetti.

Tediosamente, um escriturário limpou os cinzeiros e saiu com o cesto para o pátio cimentado. Permaneceram sujos os vidros da divisória.

"Sejamos seletivos", a voz do escrivão, in off, parecia abafada pela confidência e pela fumaça promíscua do cartório. "O crime também incorpora uma ralé que, como a outra, não paga imposto de renda e muito menos o nosso pedágio", ele erguia-se da poltrona giratória e exibia, acima da mesa, a anca reforçada. "Se eu preciso dum bandido, eu chamo e uso, sabendo desde o início que bandido bom é bandido morto", atrás dos óculos, o suor escorria pelas olheiras amareladas do policial.

Anoitecia na Penha quando um dos escrivães começou a recolher as assinaturas dum flagrante. Luciano, caminhando até a sala de Benevides, aproveitou-se do café civil. Já que segurava a garrafa térmica, encheu mais dois copos, na bandeja, para o escrivão e Corvo II. Percebeu que trancaram a porta, e isso não ocorreu por acaso. Não foi necessário um segundo café para Luciano deduzir que Benevides e o pequeno investigador o submetiam a um teste: o bando de Ivo Rahal queria recrutá-lo. Disse Corvo II:

"Posso substituir estas joias por fantasias."

"As joias só me comovem depois de avaliadas e vendidas", confessou Benevides.

"Não apreendemos todas", estremeceu sob o colete o pequeno investigador. "As diligências prosseguem".

Antes que abrissem a porta, Benevides ainda teve tempo de lidar com um ou outro conceito, que ele repisava cansadamente.

"Réu pobre é assunto de sociologia", o escrivão desculpou-se perante o mundo. "Acredito que isso não sustente o interesse de alguma tese universitária. Quem entende de política e de moralidade brasileira não esquece que bandido rico não é bandido. Mesmo assim, eu não procurei Rahal", esclareceu para Luciano. "Ele mandou emissários e, em resumo, temos um contrato. Somos cavalheiros. Nada de litígio na hora de dividir o lucro. Os costumes demonstram que, durante a partilha, só brigam entre si os ladrões baratos e os herdeiros legais. Alguma queixa, Corvinho?"

"Nenhuma."

"Somos amigos", sorveu o resto do café.

Uma tarde, com Fiori na sala e alguns PMs do outro lado da divisória, falou-se com sobriedade e admiração dum delegado, um dos cardeais da polícia, nada menos que Michel Abdo Salum. Sempre caprichoso, Corvo II virou pessoalmente a chave da porta. Fiori, sem se comprometer, sondava Luciano. Honesto, mais do que isso, ilibado, o delegado Michel Salum criou juízo no policiamento de costumes, no interior e depois na Especializada.

Protetor e intuitivo, fui encaminhando meninas para as bocas da Major Sertório e afluentes, quatro delas no La Licorne, de raça, e juntou um dinheiro maiúsculo, em dólar, sessenta por cento, com escrituração confiada a porteiros bilíngues.

Salum, eram rurais e atávicas as emoções de seu peito cabeludo, acabou vendendo os direitos sobre as xotas a dois empresários desse ramo e adquiriu, chorando, o seu primeiro haras e trinta cavalos árabes. Após o que, moderando o charuto e os licores para pagar uma promessa, regressou ao cristianismo das catacumbas, de novo honesto, por vocação e nostalgia. Quem contava esse conto sempre aumentava um cavalo.

Benevides também era respeitado por sua coleção de carimbos. Fiori não contou com a agenda para acrescentar que duas das garotas de Michel Abdo Salum conheceram Paris pelas persianas dum bordel do nobre Faubourg St-Germain, Rue de Grenelle, perto da Embaixada da Suíça. Apoiou o braço pesado no vidro da mesa e encarou o escrivão-chefe.

"Quando você entra na parada, Benevides?"

"Nunca. Eu não me arrisco entre o La Licorne e o Jockey Club."

"Nem com travestis?"

"Muito menos", Benevides sentia na palma da mão o calor do cachimbo. "De cabeça de juiz e peruca de travesti tudo pode escapar".

"Benevides, meu velho, você não está acompanhando os tempos."

"Fiori, meu jovem, você está?"

O investigador e o escrivão testavam galhofas em público. Entretanto, no Kioko's, enquanto consumiam a reservada cerveja do sábado, com arenque defumado, detinham-se nas operações fundamentais e, frios e infalíveis, contabilizavam a semana.

Luciano enxugou-se com vigor. Estendeu a toalha no suporte da cortina e enfiou-se no roupão. Saindo descalço para o vestíbulo, abriu a sapateira e tateou em busca dos chinelos. Calçou-os e apagou as luzes. Na sala, irritado, sentou-se num sofá para pensar. A noite o espreitava pelos vidros da janela. Benevides era mestre em alterar os dados da culpa nos acidentes de trânsito. Perfeito, mas para isso, com a persistência dum estrategista, ele foi montando uma estrutura. Luciano viu, em 1970, como essa engrenagem funcionava. O crânio de Benevides era militar. O rebotalho civil não o merecia.

SAULO

Esta é a mulher de Emílio Paternostro. Por nome Filomena-Nena, só não a chamem de Filó. Gosta de alegrar-se com anedotas fecais e tem a voz chorosa. Queixando-se da pobreza, ou do vapor da chaleira, estuda no espelho as suas desgraças, já acesa no chão uma vela de sete dias, o que lhe permite regredir a sete reencarnações. Joga a culpa de tudo sobre o marido Emílio — um barbeiro — e muda a posição dos móveis toda semana. Paranormal, mas só depois de fartar-se com o cozido à portuguesa, sempre soube quem matou Salomão Hayalla. Acompanha com inveja a vida de cada atriz. Eu que perdi, meu Deus, tanta oportunidade de ser puta. Até ratazana tem destino. O meu seria isto? Come com a boca aberta, espiando para os lados.

Desgrenhada e suportando uma pequena corcova, de família, usa sandálias rasas, vestido folgado, blusa de malha, e não se importa que apareça por baixo dos joelhos a barra da anágua. Gorda, um ar de cadela na chuva, ela sofre a ambição de possuir um dia uma quitinete e uma TV colorida. Só por isso, com intensidade e fervor, reza para São Judas Tadeu e recolhe apostas para Ivo Rahal.

A cozinha de Filomena-Nena tem o mesmo cheiro

da privada: sinal de banha de porco e feijão preto. Perguntem quem pagou o relógio de carrilhão, o sofá, as cortinas da sala e a feira. O vadio do Emílio é que não foi.

À noite, Nena espera o marido, que vem sujo de cabelo de pobre, um nojo, essa gente do Brás. Antes do banho, na cozinha é que ele vai jantar, observando de olhos miúdos a escrava lavando ainda a louça do almoço e do chá, o prato dele na mesa, pronto e com misturas, encoberto por um pano branco. Vindo, sonso e coçando o forro do bolso, ele se desvia, caso enxergue uma vassoura no caminho.

Se chega um visitante, ou um freguês de domingo, Filomena se esconde atrás da roupa no varal. Porém, quando, vingativa e tonta, entra no Salão Paternostro, a tabuleta na esquina do beco, ela aproveita o tempo para exibir os seus achaques, a decadência, comover os clientes e anotar-lhes os palpites. Vejam o que esse homem fez de sua mulher. Macaco. Entre garrafa e xota, adivinhem o que ele prefere? Até hoje não sei o que é gozar na cama. Elefante. Vale o que está escrito.

Paternostro, largo e obsceno, com barba de duas semanas, passa a navalha na dos outros e aponta com o queixo a moldura do espelho onde prendeu o retrato dos filhos. São três. O mais velho, Donato, antes que lhe crescesse o bigode de Acapulco, adestrou-se no ofício de adulterar chassis. Ainda não se estabeleceu, mas, orgulho de Filomena, já empenhou a palavra com o Corcunda da

Tutoia. Por enquanto, vendendo churros no litoral, lida com uísque do Paraguai e pranchas de surfe. Bernarda--Odete, assim, com esse traço no meio, seu tormento cíclico é um pesadelo com moedas que a perseguem e nunca a alcançam. Herdou de Nena as ladainhas da vida cachorra e está perdendo o queixo que, cada vez mais, pouco se distingue da garganta. No momento, ainda sem o bócio e o olho globuloso, já sabe apertar o cigarro entre os lábios quando fala. Ama de paixão Tarcísio Meira e rosbife com alcaparras.

E Saulo? Muito magro, com uma bata de crepe indiano sobre os jeans, as unhas grossas na trança das sandálias, ele faz artesanato hippie e espalha o bagulho numa das vielas da Praça da República, na companhia dos outros brothers. Não tiveram um Vietnã. Mas eles não vendem nenhuma causa, e o seu preço é barato.

Parecido com um Cristo de feição tosca, Saulo também viu por baixo da rede do Ceará os pentelhos de Guiô. Agora, eles estão fodendo na rede. Estão gritando nos meus ouvidos, do outro lado do muro, neste beco da Rua do Gasômetro, com Eleutéria grelhando espetos de salsicha na churrasqueira de ferro, na esquina, para os empregados das madeireiras, eles estão gemendo e fodendo. Eu subo no limoeiro — junto ao muro — sem me ferir nos espinhos. A tabuleta do Salão Paternostro balança e range, ao vento da tarde enferrujada, lambendo Guiô um pau meio torto e fino, de pífio saco, enquanto eu, tendo escalavrado os braços na queda, e torcido um joelho, a partir dessa tarde me corto nos cacos de vidro de todas as proibições que me tornaram um negro, e arrasto para sempre a visão de Saulo acarinhando com a barba nazarena e ávida a xota de Guiô.

Ninguém toma uma providência. Por Santo Amaro da Purificação. Eles estão fodendo.

INTRANSITIVO

Na madrugada de 5 de fevereiro de 1970, com os faróis de milha varrendo a garoa, o industrial Lauro Carlos de Alencar Pereira guiava pela Rua Tuiuti um de seus três Mercedes-Benz, o vermelho-metálico. Naquela semana o empresário comprara o carro dum funcionário do Itamarati, um Andrada e Silva que, acumulando o cargo de adido de Embaixada com o de revendedor de automóveis estrangeiros, operava no eixo Bonn-São Paulo.

Coreografia ou derrapagem? Lauro Carlos de Alencar Pereira aproximava-se do Tietê a 180 quilômetros por hora, sobre as pedras irregulares da Tuiuti. Não muito jovem, mas o grisalho lhe assentava bem, ele provocava espasmos e arrulhos em sua secretária Marli Fonseca dos Santos. A garota, com o som dos pneus nos trechos alagados da rua, agarrava-se ao ombro do patrão e gritava: "Uma vertigem, Lauro. Uma vertigem."

Tinham passado a noite numa chácara, um clube fechado do Alto-Tatuapé, entre muros de pedra e um denso bosque de eucaliptos por onde o vento se filtrava dos odores das fábricas. Era um clube para empresários que tivessem superado o trauma de seu primeiro milhão de dólares. Ao redor duma piscina de água quente, na companhia de quatro casais elegantemente nus, eles participaram duma criação sexual coletiva, um psicodrama, com margem para improvisações a partir do terceiro uísque cowboy.

"Lauro, entrei em pane", avisou Marli Fonseca dos Santos, vendo as janelas da Rua Tuiuti voarem na noite bêbada e voraz. "Estou sem fôlego", e os estilhaços da lama fulguravam contra os pilares e as fachadas encardidas.

Lauro Carlos de Alencar Pereira acelerou. Não acreditava que Marli Fonseca dos Santos pudesse perder no trânsito os seus sentidos carnais. Um pouco antes, na piscina, ela sobressaíra com virtuosismo na dança ritual das papilas gustativas, um entremez debochado e aliciante, ou um cantochão lúbrico, ou uma pornomímica, alguma coisa entre Buñuel e De Falla, com predomínio do primeiro desses bruxos.

"Eu morro..."

"Não faça isso, amor."

"Lauro..."

Havia a placa de parada obrigatória, na esquina, mas Lauro Carlos de Alencar Pereira invadiu a Radial Leste e abalroou o flanco direito duma Kombi. Como se fosse um pacote de papelão, a perua foi arremessada na outra pista, por cima do passeio. Arrancando o gradil do canteiro e capotando duas vezes, desmantelou-se contra um poste. O barulho da primeira pancada, que logo se dispersou na garoa, incluiu um estouro de vidros quebrados e o debater-se da ferragem no asfalto. O Mercedes, depois do choque, derivou um pouco à direita e subiu no canteiro, com a frente danificada. Marli Fonseca dos Santos machucou o rosto e a boca (suportaria três meses sem exercer os seus talentos).

Lauro Carlos de Alencar Pereira disse:

"Droga..."

Vestindo o paletó para sair, afrouxou a gravata sobre o colete. Pareceu-lhe que, ao longe, alguém gemia. Sentiu no rosto a sombra úmida da garoa. Aborreceu-se por sujar os sapatos na lama. Não tendo trazido a capa, ia molhar-se, que porra; o penteado grisalho, desarmando-se, acentuaria na cara a palidez balofa. E o tempo que esperara com o secador elétrico na chácara? Sim, um desastre, a frente do Mercedes estava estragada.

"Droga", ele enfatizou para a hora deserta. Tremia de impaciência. A embriaguez se evaporara, e isso o colocava claramente diante do desastre. Era down ter que enfrentar esse tipo de coisa num sábado, com a secretária a tiracolo e, o que era pior, ter topado com uma Kombi. Os amigos iam rir. O irônico Andrada e Silva, da Embaixada, talvez lhe pedisse contas do mau uso do Mercedes vermelho-metálico, ignição eletrônica e freios ABS. De mãos nas costas, adiando qualquer iniciativa, o empresário observava pelo para-brisa trincado como reagia Marli Fonseca dos Santos dentro do carro.

"Tudo bem?", notou que ela abrira a pequena geladeira e embrulhava cubos de gelo num lenço, com certeza para limpar a cara, a não ser que a garota estivesse a fim dum drinque para terminar a noite numa boa. Lauro Carlos de Alencar Pereira gesticulou com súbita raiva. "Não se preocupe, amor", tirou do bolso a caderneta de endereços. "Vamos escapar desta enrascada".

A jovem fez um aceno inacabado. Então escutaram um gemido mais forte. As casas, por ali, tinham sido demolidas para alargamento da Avenida Alcântara Machado. A noite transformava em escombros os espaços poeirentos. Eram duas e trinta no painel do Mercedes. Que situação. Eu preciso me mandar com calma. Em cada janela há um olho inimigo. Como quem se desincumbe duma tarefa injusta, Lauro Carlos de Alencar Pereira afastou-se no rumo da Kombi.

"Amor, eu não demoro."

O camarada era feirante. Com nojo de tudo aquilo, o industrial tropeçou nos destroços duma balança e, arregaçando a calça, evitou esbarrar nos tomates, aos montes, que rolaram dos caixotes. Por algum tempo eu não tomo suco de tomate com vodca. Foi chegando perto da Kombi. O feirante, com as pernas esmagadas na ferragem, sangrava sem parar, que porcaria. Não exageremos. Podia ser tomate maduro.

"Oi, companheiro...", Lauro Carlos de Alencar Pereira chamou, amistoso, afinal nada impedia que o drama fosse visto pelo ângulo mais ameno.

O sujeito parecia japonês: era um homem magro e muito moço. No ar, um cheiro de gasolina. O empresário acercou-se com cuidado. O poste perdera o aprumo, vergando-se, mas a luz continuava acesa. Logo as testemunhas viriam catar os tomates. Quanto à perua, prejuízo total. Pô, eu não sei o que estou fazendo aqui. Time is dollar in the world. Isto pode explodir a qualquer momento. Você está numa podre, feirante. Ciao, eu vou embora. O rapaz se contraiu e disse numa voz nítida:

"Meu Deus..."

Ele se referia a Buda? Lauro Carlos de Alencar Pereira contemplava o ferido e ouvia, sob o vapor de mercúrio, o ruído da eletricidade. Isso poderia ter acontecido comigo, se eu dirigisse uma Kombi. Eu não quis colidir com essa estúpida perua. Eu não quis sangrar ninguém. Por um segundo, relax, imaginou um trânsito só de carros importados. Para o industrial, o sofrimento daquele motorista desconhecido não passava dum estorvo. Apesar de tudo, tentou confortá-lo:

"Cidadão, não se desespere. Tudo se arranja."

"Por que isso foi acontecer agora...", entretanto, muito suave, o tom dessas palavras distanciava-se da lamúria e mesmo da dor. "Por que agora..."

"Eu dou um jeito de livrar você daí."

"Não", o rapaz imobilizou o rosto. "Por favor. É preciso saber como."

"Eu consigo uma ajuda. Não perca a esperança."

"Escute", ele interrompeu sem dominar a ansiedade.
"O senhor conhece a Rua Baependi?"
"Não. Acho que não."
"Fica perto. Logo abaixo da Tuiuti."
"Sim", o empresário suspendeu a gola do paletó por causa da garoa fria. "A primeira ali embaixo".
"Vire à esquerda. Há uma oficina de borracheiro no meio do quarteirão."
"Muito bem", fazia falta um cigarro. "Uma oficina de borracheiro".
"Chame o borracheiro, o Pedro. O irmão dele é o Lino, um enfermeiro. Conte o que aconteceu comigo. Eles me conhecem da quitanda e da feira. Eu estou perdendo muito sangue. A quitanda da esquina."
"Sim. A primeira rua à esquerda."
"Diga ao Pedro para trazer as ferramentas."
"Claro. As ferramentas."
"Por favor. Depressa."
Com licença, quitandeiro, eu me retiro. Morra com serenidade e coragem. Não posso permanecer solidário nesta chuva. Deus é pai. Tanto que, caso você não desencarne hoje, e não me custa desejar a sobrevivência do próximo, não abandone a hipótese de vender tomates numa cadeira de rodas. Pô, você ia faturar em dobro, japonês, ia aparecer na televisão. A humanidade se emociona com os aleijados que não pedem esmolas — simplesmente porque não pedem esmolas e incomodam

menos. Foda-se em paz, feirante.

Desistiu de se importar com os cabelos molhados e escorridos. Circundou a perua, evitando o olhar do ferido. Logo amanheceria e os ônibus reatariam a sua sujeira circular. Como ninguém escutou o estrondo? Ciao, Kombi. As demolições, dos dois lados da Radial, atingiam largos pedaços de terreno. A névoa dissipava-se e, à distância, entre um e outro outdoor, surgia o fundo fuliginoso do bairro, com as suas altas paredes de tijolos, chaminés, pátios, estreitas escadas, varais de roupa. O empresário atravessou o canteiro e falou com Marli Fonseca dos Santos:

"Nada grave. Tinha só um japonês na Kombi. O cara se arranhou um pouco no joelho. Quero ver se encontro um telefone."

"Quero ir embora", engrolou Marli. "Vamos fugir antes que chegue a polícia..."

"Só foge quem tem culpa. Fique calminha, amor."

O que foi? Com a trombada você se dopou, minha vaca. Você nem sente essa pedra de gelo no decote e planeja uma fuga culposa. A não ser que esteja conservando os peitinhos para o fim de semana em Campos do Jordão. A secretária deitara-se no banco, esticando as pernas, e equilibrava o lenço na testa. Lauro Carlos ligou uma lanterna e consultou a agenda.

"Bom", ele transmitia otimismo. "Tratemos do capital, senão os dividendos se dividem. Até já, amor".

Ciao, cadela bilíngue. Com o dedo marcando uma página da caderneta, apressou-se pela Rua Tuiuti. As luzes boiavam na garoa. Alguém estaria vigiando por trás das janelas trancadas? Maldita Kombi. Apesar da velocidade e da embriaguez, ele se lembrava de ter visto no bairro alguns bares e uma farmácia. Encontraria um telefone. Precisava localizar urgentemente aquele canalha do Benevides. Começou a correr. De relance, numa travessa, avistou um Posto Ipiranga e dirigiu-se para lá. Acercava-se do escritório envidraçado quando um negro, pequeno e forte, saiu dum automóvel, batendo a porta.

"Alguma coisa, doutor?", ele disse.

"Boa noite", Lauro o cumprimentou com um ar contrariado. "Posso usar o telefone? Houve um desastre na avenida".

"Um desastre...", o frentista, de boné de couro e paletó sobre o macacão, hesitava se permitia ou não ao estranho entrar no escritório. "Sabe, doutor, eu não tenho ordem".

Uma gorjeta inutilizou a ordem que o negro não tinha. O industrial se introduziu no cômodo, que se assemelhava mais a um depósito do que a um escritório, e procurou orientar-se no escuro.

"Você me acende uma lâmpada?"

"Pois não, doutor."

Tirou o fone do gancho. Além do Sexagésimo Distrito, havia cinco números de antros onde Benevides poderia estar de madrugada. Descobriu-o no terceiro.

O escrivão indagou:

"Você pode afirmar que o japonês morreu?"

"Não sei. Parece que sim."

"Seria melhor que morresse."

"Eu confio no espírito da lei, Benevides. Não discuto."

"A confluência da Tuiuti com a Alcântara Machado", um pouco sôfrego, ele deu a impressão de ter anotado.

"Bom. Esconda a moça, compreende?"

"Ela queria que eu fugisse."

"Que irresponsável. Escolha melhor as suas serviçais, doutor Lauro. Esconda a moça antes de eu chegar", insistiu Benevides. "Em quinze minutos eu reúno os amigos".

"Vou cuidar disso."

"Então. Quinze minutos."

"Certo. Tenho um jeito seguro de despachar a moça. Obrigado por enquanto. Até logo."

Discou para a chácara.

"João? Lauro. Não esqueci nada. Pegue o Volks e venha até o fim da Tuiuti. Um acidente. Nada que preocupe. Mas não perca tempo. Aqui eu explico. Ciao."

Desceu o degrau do escritório enquanto o vigilante apagava a luz e fechava a porta.

"Disponha, doutor", tinha sido compensadora a gorjeta. "Se precisar outra vez..."

"No próximo sinistro...", respondeu o empresário, pondo um cigarro nos dentes. "Muito obrigado".

Surpreendeu-se com a rapidez do retorno. Nem percebeu o gosto do cigarro e lá estava o Mercedes sobre o canteiro da Radial, vermelho, com a garoa brilhando nos vidros. Viu, do outro lado da pista, uma janela iluminada. Aborreceu-se com isso. Que tipo de gente se levanta às três da madrugada? Perguntaria a algum sociólogo comunista do Guarujá. Lauro Carlos de Alencar Pereira, arrepiando-se, jogou com força o cigarro ao chão. Uns idiotas cercavam a Kombi: eram empregados duma padaria: um deles, com a conivência soturna dos outros, enchia de tomates uma cesta. Lauro Carlos desmanchou nervosamente o cigarro sob o sapato de cromo. Os idiotas confabulavam. Só chamariam a polícia depois da rapinagem. Ainda não tinham reparado no Mercedes. Seriam padeiros o resto da vida.

O empresário reconheceu João, que estacionou o Volks sem desligar o motor.

"Pô, o que o senhor aprontou?"

"Não me amole, João. Leve a moça de volta para a chácara. Avise o doutor Arruda e diga que depois eu me entendo com ele. Vá andando."

"Pô..."

Carregaram Marli Fonseca dos Santos para o Volks. Uma sirena se insinuou pelo ar.

"Depressa."

João manobrou o Volks quase sem ruído. O industrial, desabotoando o colete e o colarinho, alargou o laço da gravata e acomodou-se pensativamente no banco de couro do Mercedes, apoiando-se ao volante. Que vida. A parte dianteira danificada. Já não garoava e, com o calor de fevereiro antecedendo o sol, os pernilongos do Tietê iniciavam o seu zunido. Eu não vi nada. Uma perua Kombi de feirante não é coisa que se veja. Mas senti de repente um soco no peito. Com a batida, eu fui prensado contra o volante. Amassei uma das medalhinhas de minha corrente. Lauro Carlos de Alencar Pereira premeditava a versão do episódio que contaria aos amigos. Aguardei a polícia, fumando um Phillip Morris para espantar os mosquitos.

Os policiais isolaram a Kombi. O empresário acompanhava o movimento deles sob a madrugada ainda espessa, a sombria eficácia de seus gestos, dispondo em derredor os pilares portáteis e as cordas. Duma das lanternas derivou um cone de luz que, terminando em oval, esquivo e anônimo, vasculhou os destroços. Aproximando-se pela direita, Benevides tocou de leve no vidro do Mercedes.

"Boa noite."

"Como tem passado, Benevides?"

"Se melhorar estraga", ele disse. "Vamos passear um pouco. O ar imaculado do Tatuapé nos convida a exames de consciência. Fale o que aconteceu".

Lauro Carlos de Alencar Pereira fechou o carro e aprumou-se para caminhar na companhia do escrivão.

"Não tenho muita coisa que falar."

"Isso eu decido", ajustou a haste do cachimbo e lotou o fornilho com o tabaco. "Mas que lugar bem escolhido para um acidente de trânsito", acendeu o cachimbo. "Dos dois lados da pista os quarteirões arrasados pela demolição metropolitana. Parece um filme de guerra: madrugada chuvosa: testemunhas com sono", os passos de Benevides, martelando o cimento molhado da calçada, ecoavam pelos escombros.

Por mero instinto, o industrial aproveitou-se do comentário. Disse:

"Espero que ao fazer o preço você leve em consideração as circunstâncias."

"Isso não combina com a categoria dum infrator de fino trato", lamentou Benevides. "Meu caro, honre o colarinho branco. Você bebeu antes de pegar na direção?"

"Bebi o scotch de sempre", Lauro Carlos de Alencar Pereira envergonhava-se por não conseguir ultrapassar o litro do costume. "Não repare, Benevides. Acho que estou ressentido com a vida", lançou um olhar para os faróis quebrados do Mercedes.

"É natural. É o seu primeiro homicídio."

"O japonês morreu?"

"Acaba de morrer."

"De onde você tirou essa certeza?"

"Dos sinais duma lanterna."
Lauro Carlos emocionou-se.
"Nossa Polícia Científica nada deve à Scotland Yard."
"Eu também me ufano", Benevides expeliu uma fumaça cinzenta.

Pararam. A impressão era que a noite, antes de se retirar, fechava todas as saídas. Um gato amarelo, aleijado dum terço de pata, esgueirou-se pelo entulho. O empresário advertiu:

"Basta estar vivo para morrer."

"Esse conceito tem frequentado as fotonovelas", afiançou o escrivão, "o que garante a sua verdade".

O gato alcançou o telhado apesar da pata inútil. Lauro Carlos, vendo-o sumir atrás duma calha, desenvolveu gravemente o assunto:

"Muitos estão mortos e não sabem."

"Sim."

"Aliás, eu sustento que a maioria morreu e ainda não se deu conta disso", era difícil ao empresário não ser radical e profundo pelo menos em face da morte por ele causada. "Cabe à minoria enterrar".

Ainda estavam parados e observavam a calha por onde o gato desaparecera. O vento cercou-os com o odor da gasolina. Lauro Carlos de Alencar Pereira mal se controlava, verificando em si mesmo, com espanto, um sentimento de revolta. Benevides fumava compreensivamente, com o seu tempo pago, procurando através dos óculos ariscos alguma coisa para se interessar. Lauro Carlos discorria:

"Triste papel o nosso."

"Trágico."

"Somos os coveiros, não dos fatos, mas de seus advérbios", acudiu ao homicida que o tema, existencial, resistiria intacto ao menos pelo prazo dum chope na Henrique Schaumann. "Mas os que morreram — e não sabem — não se enxergam".

"Não se mancam", emendou Benevides. "Advérbios estúpidos".

"São os piores mortos. Enfim...", o industrial distendeu o lábio inferior.

Tendo a conversa invadido o recinto da cultura e dos conhecimentos gerais, o escrivão enviesou a cabeça e disse:

"Minha filha mais velha foi aprovada no vestibular de Engenharia."

"Então você já tem uma filha mais velha?", animou-se Lauro Carlos de Alencar Pereira. "Eu tenho um filho de três anos. Marcelo".

"Eneida. Fátima e Januário Júnior."

"Herdeiros. Herdeiros. Herdeiros."

Recomeçaram a marcha. Unindo as sobrancelhas numa prega inquisitiva, Benevides empalmou o fornilho.

"Fatalmente, você abusava da velocidade."

"Sim. Fatalmente."

"Mais de cem?"

"Acrescente cem...", Lauro Carlos de Alencar Pereira grifou a frase para resguardar, quanto à potência, a qualidade da marca Mercedes-Benz. O escrivão murmurou um latim de delegacia:

"Você fala jocandi animo."

"Não", disse o empresário. "Não se brinca com religião e com tecnologia. Pode apostar nos duzentos".

Benevides assobiou um resto de fumaça.

"Um lombrosiano no trânsito."

"Bondade sua."

"Uma proeza no calçamento da Tuiuti."

"Mais uma vez, obrigado."

"Que insanidade."

"Por favor, Benevides. Não sei como agradecer."

"Você entrou na Radial Leste, um sistema viário em construção, sem respeitar o direito de preferência da Kombi", disse rigidamente o escrivão como se estivesse lendo o rascunho dum de seus relatórios. "Trombou pelo meio, do lado direito, jogando a perua por cima do canteiro. Com a força do embate, a Kombi capotou uma, duas vezes, derrapou por uns quarenta metros e se imobilizou no poste. Que tal?"

"Perfeito, Benevides. Até parece que você testemunhou de visu."

Escutaram uma sirena.

"A ambulância do IML", esclareceu o escrivão. Depois

afirmou: "Já tiraram o japonês das ferragens".

"Interessante", o empresário acompanhava a linha de montagem da justiça e apreciava a sua eficiência. "Nada como profissionalismo e senso de equipe: todos atuando em nome do bem comum".

"São nossos amigos", uma lágrima amarela deixou na face de Benevides um rastro.

Alto, e com os cabelos empalidecidos pelo foco duma lanterna, um soldado removia os pilares para que a ambulância estacionasse. A mão de Benevides pesava no ombro do industrial.

"Preste atenção", disse. "A coisa vai ser preparada da maneira mais simples. Você é que rodava pela Radial, na velocidade permitida. A Kombi veio da Tuiuti e impediu a sua passagem".

"Hum", sorriu o homicida. "O tipo de escamoteação que se usa em política financeira", e não demorou para objetar: "Há um problema, Benevides".

"Eu sei. As marcas do Mercedes no lado direito da Kombi. Vamos colocar no boletim de ocorrência que essas marcas estavam no lado esquerdo."

"Claro", o empresário aplaudiu comedidamente o arranjo. "Falta saber se os peritos do Instituto de Polícia Técnica também são nossos amigos".

O escrivão não se ressentiu com a dúvida.

"São", balançou a cabeça. "Mas por ora não acionaremos o IPT. Confiemos na gasolina".

"Como?"

Entretanto, não foi preciso explicar nada. Nem bem alguns policiais pulavam o gradil do canteiro e as viaturas se afastavam, uma explosão sacudiu a Kombi e um fogo alaranjado, com laivos azuis, contorceu-se junto ao poste. O industrial gritou:

"Pô..."

"As marcas do lado direito se foram", deduzia o escrivão. "Veja o benefício que se pode extrair dum toco de cigarro aceso".

"E você sempre fiel ao cachimbo."

"Sim", assumiu Benevides uma postura franciscana. "Eu sirvo aos amigos. Meu reino não é deste distrito".

"Que fogo", alegrava-se o empresário.

Dois soldados se encarregaram de lidar com os extintores.

"Devagar", interferiu Benevides. "Roma não se incendiou em um dia."

Só então Lauro Carlos de Alencar Pereira reparou num camarada atrás do escrivão: um pardo de modesta aparência, ainda que de costeletas e uma blusa Columbia University. Era magro, mas com a barriga crescida sobre um cinturão de fivela prateada. Usava com displicência um Seiko de mostrador azul e umas calças pretas com friso acetinado. Levava um jeito de garçom. Com aqueles sapatos de tiras trançadas, sem meias, ele devia ter calos. Largando no chão um encerado de lona, enrolado, ele cumprimentou:

"Oi..."

Benevides já o esperava. Olhou-o por cima do ombro e perguntou quase sem se voltar:

"Então, Manuel, já decorou a letra do samba?"

O outro nada respondeu, e isso bastou a Benevides.

"Muito bom", o escrivão aconselhou ao industrial: "Aperte os ossos de Manuel. Ele é a sua testemunha".

"Minha testemunha?"

"Eu lhe apresento Manuel de Matos Peixoto. Ele faz parte de nossa equipe e se dispõe a mentir a seu favor onde for necessário."

Lauro Carlos empertigou-se.

"Como vai, Manuel?"

"Muito prazer", a testemunha estendeu os dedos.

Benevides garantia as credenciais de Manuel de Matos Peixoto:

"É um amigo."

"Acho que vou sentir o fogo mais de perto", Manuel de Matos Peixoto enfiou o braço no rolo do encerado de lona e ergueu-o.

O escrivão observou:

"Você pegou isso dentro da Kombi?"

"Ia queimar, não ia?"

"Ia", o policial esvaziou o cachimbo. "Eu aprovo a sua sensatez".

Manuel de Matos Peixoto atravessou a pista. Lauro

e Benevides o seguiram. Aproximaram-se da Kombi. A ordem era manter a área isolada até a chegada do carro-guincho. O dia vacilava em clarear. A luz mais forte vinha da carcaça incendiada da perua. O fogo iluminou a mão de Benevides no ombro do empresário. A mão, encontrando o seu apoio, protegia. Eles não eram solidários. Eram recíprocos enquanto a Kombi queimava. Lauro Carlos de Alencar Pereira especulava:

"Será que sobra alguma coisa desse incêndio?"

"A sua inocência", replicou Benevides.

O ENGENHEIRO

Pensaram que fosse japonês. Era um emigrado de Formosa, um engenheiro com título de Master. Nascera no continente, em 1940, numa aldeia no meio de arrozais, perto de Wuhan, na província de Hupei, ouvindo as águas do Yangtze. Aos dezoito anos, em Pequim, deu um dia de trabalho para a construção da barragem das Treze Tumbas. Morava com o avô, um velho cego, marcado pela inútil sapiência Ming, com a melancolia da antiga China — seus fossos pestilentos e altos muros vermelhos.

O avô dizia que um homem velho era uma estátua jovem que a vida revestira com uma camada de várias polegadas de excrementos de pássaros. Mudaram-se para Amoy onde, num junco à vela, durante um temporal, cruzaram o Estreito de Formosa e chegaram à ilha. Os fugitivos, para vencer a tempestade, gritavam:

"Taiwan... Taiwan..."

Alguns anos depois o chinês desembarcou no porto de Santos, sozinho, com os seus títulos não reconhecidos. Aprendeu português. Vendendo tomates nas feiras de São Paulo, refez o curso na Poli. Aos trinta anos o seu sangue vazou como óleo nas ferragens duma Kombi. Nessa madrugada, enquanto a sombra de seu avô o cegava mansamente, ele conseguiu recordar uns versos de Mao:

*Mil léguas
em que a neve dança.
De cada lado da Grande Muralha,
apenas uma vastidão branca.*

O CINZEIRO

Luciano ficou sentado no sofá da sala até depois da meia-noite, uma brasa no cinzeiro desfiando a última fumaça, olhou-a apagar-se. Caso ligasse o televisor, veria policiais honestos (ganhavam em dólar e passavam as férias em Las Vegas). Não podia lembrar-se de Lauro Carlos de Alencar Pereira sem sentir no rosto o calor da Kombi. O cabo PM Luciano Augusto de Camargo Mendes, na ocasião soldado da Força Pública, manobrara um dos extintores naquela madrugada garoenta de 1970. Não foi o seu primeiro dinheiro sujo. Mas, pela primeira vez, viu pulsar por dentro o organismo do mundo. Yes, Joel, excuse me, na vida é preciso não ser matéria de cinzeiro. Por causa do fogo, as sombras tremiam no rosto de Benevides. O doutor Lauro dissera: "Tenho um filho de três anos". Um filho de três anos em 1970. Um garoto de nove anos agora.

O escuro era uma teia, ou um labirinto, por onde a memória do cabo PM vinha tramando uma jogada. *Marcelo*, ele recordava. Luciano não esquecia nada. Em 1970 a Guarda Civil e a Força Pública fundiram-se na Polícia Militar. Foi lenta a assimilação dos *azuis* nos quartéis e nas rondas (sentiam vergonha de ter ajudado velhos e cegos a atravessar a rua).

A boca de Luciano enervou-se num sorriso militar (os *azuis* compreendiam isso e conviviam com a sua raiva). Durante uns dois anos, mais ou menos, persistiu a rivalidade, e da disputa entre os dois bandos (todos imprimindo a sua selvageria num lote de boletins de ocorrência) resultou um morticínio que excedeu os índices do Esquadrão da Morte e da Polícia Política. Matava-se sem pestanejar e, algumas vezes, sem nenhum proveito, Luciano pensava diante do cinzeiro. Militar mata conscientemente, ele escarnecia. Quanto tempo se desperdiça em pensar, e os *azuis* que conheceu até que não eram frouxos. Um garoto de nove anos. O momento era agora, não eram frouxos, o cinzeiro fedia a ponta de cigarro. *Marcelo.* O soldado ligou o televisor e estirou-se no sofá.

DIÁRIO, 1976

Junho, 11. Os terroristas chegam e vão embora, só Portuga parece ter visto de permanência na Ilha dos Sinos. Luís Guilherme Braga sai do cubículo apenas para passear na galeria. Nem percebi a vinda de outro marxista, um operário letrado, brusco e ressentido. Com autoridade, ainda que moderada e cerimoniosa, foi ele quem sugeriu a Portuga:

"Vamos levar um livro ao companheiro Gui."

Na hesitação da célula, indiquei *Recordações da casa dos mortos*. Friamente, Portuga sorriu:

"Boa escolha", apossou-se de Dostoievski e, com o sarcasmo do costume, folheou-o.

Junho, 12. Em troca dum pacau, Aldrovando Ulhoa, o Doutor, ofereceu-se para rever o meu caso. Confio em Elpídio Tedesco para me arranjar a maconha. Mas, que confiança pode merecer a contabilidade mística do Doutor?

Junho, 15. A partir de hoje, somos caçadores de ratos. O capitão Lair garante um dia de liberdade na ilha a quem pegar trinta ratos, vivos ou mortos, mas inteiros, e apresentá-los à carceragem.

Por sessenta ratos, Aldrovando Ulhoa promete-me a absolvição.

o motim na ilha dos sinos

capítulo 11

ABRIL, 1970

Dos antigos *azuis*, alguns se sujeitaram a ser tiras da Polícia Civil. Outros escolheram a Polícia Militar. Luciano cruzou os braços atrás da nuca e alongou as pernas. Bons tempos. Um sujeito chamado Massafumi Yoshinaga mostrara a cara imberbe nos jornais da época para anunciar que a luta armada não era destino que se aconselhasse a um jovem. Deve ter aprendido com a pele e as fezes na Rua Tutoia.

1970. A Kombi ainda queimava na memória e já não existia a Força Pública. Sentindo o estômago arder em 1976, mudou de canal: se acompanhasse aquele filme até o desfecho, putz, correria o risco de adquirir predicados éticos. E o que fazer com isso no Brasil? Ame-o ou deixe-o. Com indiferença, recordava os antigos CDs da Guarda Civil, apresentando-se no quartel da Polícia Militar para receber o fardamento no pátio, sérios, ansiosos por mostrar valentia e vocação.

Jimi Hendrix morreu aos vinte e sete anos. Não teria durado tanto se pertencesse a um bando do Morro do Borel e tocasse o hino nacional numa guitarra. *Marcelo.*

Nos últimos dias daquele abril, encerrada a fraude com o arquivamento do inquérito, Luciano avistou-se com Lauro Carlos de Alencar Pereira. O PM, de costas e de farda nova, reconheceu-o pela voz um tanto aguda e persistente. Uma porta se escancarou para um dos corredores do Sexagésimo, e ele, de colete e gravata larga, apareceu na delegacia, inesperadamente, passeando a sua elegância importada e sob medida. Com desenvoltura, pegou no braço dum delegado e forçou o caminho até o saguão.

"Logo aprendi", ele falava muito alto, "que o fundamento das multinacionais reside na descoberta de que o dinheiro é apátrida".

Já na escada para a rua, uma sirena impunha-se ao longo do viaduto, na esquina; e sentindo vibrar nas vidraças o trânsito pela Marginal do Tietê, o delegado não contestou o tirocínio do empresário.

"Nunca pensei nisso."

"Pois pense", um confronto, qualquer que fosse, mesmo entre o poder e a autoridade secundária, divertia Lauro Carlos. "Dólar não é apenas dinheiro".

"Como?", aquilo soava estranho para um burocrata da repressão.

Lauro Carlos de Alencar Pereira entrou no Mercedes (uma semana de oficina e o Corcunda da Tutoia removera os estragos do homicídio sem o mínimo vestígio). O homicida sorriu com simpatia ao abaixar o vidro.

"O dólar", ele disse, "tanto quanto dinheiro, é passaporte diplomático".

O delegado apoiou o cotovelo na capota do carro e

impediu a partida do empresário. Não era sempre que tratava com pessoas recentemente banhadas. Um pouco tímido para o cargo, e tendo superado com Lauro Carlos essa imperfeição de caráter, procurava retardá-lo.

"Estou começando a entender."

"Bom sinal", comentou Lauro, embora não levasse a sério aquele assunto, ou qualquer outro que interessasse a meganhas.

Luciano evitou o encontro com o delegado e rumou sem pressa para o bar e lanchonete A Gruta de Fátima. Por um momento, imaginou-se ao volante do Mercedes, num sábado, na Augusta ou na Paulista, ou contornando as curvas da Anchieta para a Baixada. Bobagem. *O melhor era esperar que Marcelo crescesse de modo a ir ao banheiro sozinho.* Era uma tarde quente e Luciano tomaria no canto do balcão um chope, talvez dois, e o português não cobraria o prato de azeitonas com anchovas.

O bar estava cheio de policiais. Um investigador, muito jovem, parando na porta com o seu cabelo aloirado, comprido, e a barba preta, encarregou-se de se surpreender com a presença de tantos tiras. Sempre alguém, ritualmente, precisava repetir a piada:

"Pô, alguma diligência por aqui?"

"A mesma de ontem, meu chapa. Não acabou ainda."

"Sem presunto. Sem presunto."

Aqueles caras ocupavam o balcão para escapar ao café requentado da delegacia. Luciano apanhou o chope e acomodou-o sobre a tampa duma das geladeiras da Kibon. Acima do vozerio, plainou o aviso do português: "Acabaram-se as azeitonas com anchovas", ele devia estar mentindo.

"Um sanduíche de copa e outro chope", gritou Luciano.

O escrivão Benevides, sempre com uma escolta de amigos, soprava a xícara de café. Luciano apossou-se de outra caneca na chopeira. Mastigando a sobra da copa ao redor do pão, com um falso ar pueril, ele se perguntava quanto Benevides teria arrancado de Lauro Carlos de Alencar Pereira. Coisa desfeita com homicídio implicava maiores despesas. Um milhão? Luciano ainda não integrava o grupo dos amigos. Só tempos depois, e com muita desconfiança, seria sondado a mando de Ivo Rahal. Um milhão para dividir pela quadrilha em parcelas desiguais. Benevides abocanhava a metade, às vezes mais, e entendia-se com Rahal. Luciano bebeu o chope e aproximou-se da caixa.

"Tem Luís XV?"

"Não. Não serve Minister?"

"'Serve."

Fatigadamente, por cima dos óculos amarelados, o olhar de Benevides ia abrangendo toda a lanchonete. Um pedinte, informante da polícia, sujo como o ar da Penha e bêbado segundo os costumes, iniciou um discurso:

"Senhores, aqui estou para que escutem o meu

clamor..."

    Com cuidado, um certo afeto, uma ou outra risada, e joelhadas na gordura convexa do corpo, o homem foi expulso pela tiragem e jogado contra um poste da esquina. Luciano observava com desagrado a alegria gutural e disparatada desses tiras. Como soldado, e originário da Força Pública, ele se proibia a condescendência. Havia nos civis qualquer coisa de repulsivo, ainda que policiais e frequentadores da Gruta. Todos os mendigos são civis, e ele recebeu o troco em balas Kid's. Luciano pediu licença a uns bacharéis para locomover-se até a soleira da porta. Precisava regressar ao posto na delegacia: um jipe o conduziria depois ao quartel. Andando pela calçada, pensava, extorsão mediante sequestro, lindo crime, porém, o mais seguro seria fazer tudo sozinho: o crime perfeito não admite cumplicidade. Por exemplo, esse Lauro Carlos de Alencar Pereira, que aperto ele suportaria sem espanar?

    No curto trajeto entre A Gruta de Fátima e o Sexagésimo Distrito, Luciano ia calculando a facada exata, cirúrgica, que sangrasse sem atingir o tanque de reserva. Recordava a mão de Benevides e o ombro de Lauro Carlos de Alencar Pereira.

ATOS PREPARATÓRIOS

Em dois anos, agora cabo da PM, Luciano ganhou algum dinheiro com a turma do criminalista Álvaro Paranhos Paz e seu irmão Jovino, um guarda de presídio. Punha-se na rua, por uma noite, meia dúzia de condenados da Penitenciária do Estado com a ordem de assaltar residências e escritórios — já determinados — e apossar-se apenas de joias e dólares. O apoio da polícia, logístico, impossibilitava a debandada dos presos e garantia a coleta. Se não dava para enriquecer, pelo menos enchia o coturno. Luciano foi descobrindo tudo a respeito de Lauro Carlos. Sabia que a sua mulher, Iara, era filha dum coronel reformado. Loirona, meio gorda, ela disfarçava o tamanho usando vestidos fofos, de panos escuros e esvoaçantes. Gostava de meninos com barba e viajava toda semana para o Rio, nas quintas-feiras pela manhã, à cata deles nas zonas do surfe. Espalhava na ponte aérea um suor de uísque, raramente champanhe, e não era difícil seguir-lhe o rastro pelos filtros de cigarro com manchas de batom.

Domingo à noite, com certeza mais magra, com olheiras e uns vincos amargos na boca, ela sacudia fitas e berloques em Congonhas e chamava um táxi para retornar ao palacete do Jardim Paulistano. Estavam casados há dez anos e puseram um filho no mundo, Marcelo, que estudava no Dante Alighieri da Alameda Jaú e saía do colégio às quatro horas da tarde, de segunda a sexta. Sábado não interessava. Um motorista de uniforme esperava-o próximo ao Parque Siqueira Campos, do lado de fora do carro, um Dodge Dart com capota de vinil.

Quando não viajava no jato da empresa (duas vezes para Brasília na última quinzena), Lauro Carlos podia estar — em ordem de preferência — com uma garota na chácara do Alto Tatuapé, com outra no apartamento do Guarujá, numa das três fábricas de São Bernardo do Campo, nos escritórios da Rua Cincinato Braga — quase na esquina da Brigadeiro e com uma porta de emergência para a Paulista — ou em sua casa no Jardim Paulistano (um terço duma quadra na Rua Desembargador Mamede). Luciano anotara todos os telefones.

A ansiedade queimava-o no estômago.

PARQUE SIQUEIRA CAMPOS

Quatro horas da tarde. Viera do Rio Grande do Sul uma onda de frio que se acentuou após a chuva da manhã. Descendo a pé a Rua Peixoto Gomide, com o dólmã abotoado e luvas de couro, Luciano esbarrava nos alunos do Dante Alighieri que corriam entre os automóveis, gritando, com os seus vistosos casacos de camurça sobre o uniforme, ou camisões de flanela xadrez. Movendo-se na tarde cinza, eles repassavam a pose, o acinte, o riso, o desdém, a distância e o diálogo gestual. Alguns comemoravam o término das aulas jogando para o alto as mochilas e recuperando-as com falsa negligência. Uma garota de coxas aparentemente nuas, com meia-calça cor de carne, de tênis e meiões, arrastando pelo chão um absurdo cachecol de lã amarela, muito comprido, de boina, o olhar petulante, mais o bronzeado da última praia, transpôs a rua em diagonal, obrigando os carros a estancar no asfalto molhado. Buzinas. Assobios.

Marcelo mancava pela outra calçada, no comando duma algazarra. Imitava o modo como um perneta faria o teste de Cooper. Vinha na frente do bando e por isso ganhava uma aposta, o rosto brilhando de maldade, até circundar o Dodge Dart e colidir com o motorista da família. Logo em seguida uns três ou quatro meninos chegaram pelo mesmo caminho, ofegantes e pernetas.

"Oi, Rico."

Frederico abriu a porta do carro.

"Oi, Marcelo". Por hábito, tirando o quepe para mexer nos cabelos grisalhos, ele esperou que o garoto entrasse.

"Aprendeu bastante hoje?"

"Muito. Até demais."

"Demais", berraram os outros, trocando empurrões e cotoveladas, pouco se importando com Frederico, nem tinham escutado a conversa, mas aderindo com prazer.

"Demais. Demais".

"Nunca se aprende o suficiente", perfilou-se o motorista.

Marcelo depositou a lancheira e a pasta no banco traseiro. Bateu a porta.

"Tome conta, Rico."

"Aonde você pensa que vai, menino?"

"Eu volto logo", Marcelo apontou vagamente o parque. "Hoje aprendemos alguma coisa sobre o ar puro".

Aborrecendo-se, Frederico pretendeu persuadi-lo:

"Não faça isso. O seu pai não gosta que eu me atrase. Ele fica muito bravo comigo e com você quando o horário da casa é desrespeitado. Além de tudo, está fazendo um frio dos diabos."

"Não demoro um minuto, Rico."

Enquanto o motorista desviava a sua impaciência para o relógio de pulso, os dedos desordenando os cabelos debaixo do quepe, os meninos desapareceram por um dos portões laterais do Parque Siqueira Campos. Luciano seguiu-os de longe.

Acabou por perdê-los de vista, embora jamais confundisse o seu alarido. Por causa do frio, não havia ninguém sob a sombra espessa da vegetação. Nem os guardas revelavam a sua presença. As árvores abafavam o barulho da Avenida Paulista. O tempo, por ter parado, incomodava. A impressão era que a noite se anunciava, macia e mutante, de dentro do bosque. Pisando no musgo que despontava entre os cacos do calçamento, nas aleias, Luciano guiou-se pelo riso dum dos garotos e encontrou-os à beira dum tanque. Eles examinavam com um ar muito compenetrado o monjolo que ali funcionava. Discutiram depois com desembaraço. De onde estava, atrás dum tronco resinoso, Luciano espreitava Marcelo. Um bonito menino. Bonito como dois milhões de cruzeiros.

Tem que ser numa quinta-feira à tarde, com a dona Iara fora de São Paulo, agitando as suas sedas em Ipanema ou no Arpoador. Antes eu me descarto do Vesgo e garanto as acomodações da Rua Reims para o jovem Marcelo. Limpando toda a área, eu me livro de Beiçola e Joel My Friend, maneirando, inventando um mandado de captura, uma busca, uma diligência, para que não apareçam no beco. Tiro de letra o Frederico e ocupo o lugar dele no Dodge Dart com capota de vinil (puta status). Venho esperar o garoto na saída do colégio. Dois milhões de cruzeiros. Uma experiência e tanto para o garoto, putz, assunto de dissertação. Já na quinta-feira eu mando os primeiros recados por telefone, assustando o doutor e intrigando a polícia. Mas o verdadeiro recado segue por escrito, com instruções e prazo até a manhã de domingo, até o meio-dia, exatamente, domingo, dia de feira na Rua Vichy. Três batidas na madeira. Eu apanho o dinheiro do resgate. Vou varando os quintais da Casa Verde Baixa e chego na feira. Escapo no meio da turba. Vou descansar no domingo. Três batidas na madeira. Dois milhões de cruzeiros.

Os meninos contornaram o tanque e regressaram por outra alameda do parque. Com uma das mãos no bolso do dólmã, Luciano, apertando o olhar esverdeado, viu Marcelo sumir entre as árvores e a folhagem úmida. Aguardou um instante, retornou ao portão. Sim. O garoto ia aproveitar a aventura. A não ser que fosse necessário matá-lo.

SONO

Marilu, com sono, tropeçou e escorou-se no batente da porta. Chamou:
— Luciano.
Ergueu-se do sofá.
— Que é isso, Marilu? — alcançou-a em dois passos.
— Sem um abrigo, e descalça com esse tempo.
— Luciano — ela respirou fundo e nem abriu os olhos.
— É você? — parecia não ter acordado.
Luciano acolheu-a com masculinidade.
— Sou eu — deu a entender, ardilosamente, uma dúvida conjugal. — Você esperava algum capitão, malandra?
— Sempre espero.
— Ingrata — ele riu.
— Mas você serve.
— Até ser promovido?
Marilu bocejou. Luciano carregou-a para a cama. Sem ciúme, entrou também debaixo das cobertas, abraçando-a mais forte porque ela tremia de frio. Ou estaria com medo? Ele sussurrou:
— O que aconteceu?
— Eu tive um sonho — aquela voz de mulher morrendo de sono. — Tudo tão pavoroso — ela pensou seria-

mente em soluçar e cair da cama.

Luciano consolou-a.

— Tinha coruja? Capitão?

— Não.

— Vamos — ele disse. — Conte esse pesadelo.

— Já esqueci — era desses sonos que anestesiavam os delírios reais. — Um horror. E não me lembro.

Pelo que dormiram imediatamente. De manhã, Marilu acordou com muito calor. Com as pernas, afastou as cobertas e espreguiçou-se. Luciano, que ainda ressonava, afrouxou o abraço e livrou-se do lençol. Marilu disse:

— Parece que me puseram num forno.

— Hum. Avise quando estiver pronta.

— Acorde logo. O que você está fazendo no meu travesseiro?

— Uma visita — Luciano bocejou nas vogais.

Marilu saiu para o tapete e olhando-se no espelho, de perto, curvou o torso e suspendeu o baby-doll. Luciano virou-se de bruços. Não percebeu quando Marilu deixou o quarto. Ouvia-se dali o zumbido da ducha. Agora, de costas, examinava o forro de estuque. Gostava de cruzar as mãos na nuca, isso o ajudava a refletir (Marilu desligara a ducha e acariciava-se com a toalha). Lembrou-se de Maria Sapoti e Ismênia. Queria recompor as formas de Rosalina, Rosa, Rô, mas não conseguia. As manchas do forro aglomeravam-se para expor o rosto opaco e enrugado de Frederico. Luciano fechou os olhos. Por um momento ocorreu-lhe que, se os abrisse com impiedosa lucidez, enxergaria a insignificância de sua vida. Estirou-se e agarrou a carteira de cigarros. Estivesse no beco da Rua Reims e Joel My Friend acenderia esse cigarro, aproximando uma chama servil. Beiçola não desprezaria a oportunidade da chacota muda e eficaz. *Bandido bom é bandido morto*, estou citando. Luciano acendeu o cigarro (percebeu o ruído do trinco na porta do banheiro).

Marilu, vindo com a toalha junto ao peito, sacudiu os cabelos. Era para ajoelhar-se em cima da colcha, mas, desastrada, ajoelhou-se em cima da toalha e, como num filme, o pano felpudo se desprendeu e escorregou. Também Luciano ajoelhou-se sobre a toalha e abandonou o cigarro num pires. Quando se roçaram, colando-se de leve, ele resolveu que seria na outra semana: *quinta-feira da próxima semana*. Não podia passar dessa quinta-feira. Chupou-a entre as coxas para que ela gritasse e se contorcesse até vazar. Depois agarrou-se a ela para tremer. O sábado entrou no quarto pela janela trancada.

O ESCORPIÃO

Querendo ter uma conversa com Rafael Navarro, onde se meteram os outros, putz, quando mais se precisa e o tempo ia passando, já era noite nos ponteiros do Seiko, embora tivesse sobrado um pouco de sol na Praça Nossa Senhora das Vitórias, até nisso não se pode ter confiança, Fiori diz:

— Sete, quero ter uma conversa com você.

Lavando os copos, filho duma vaca, pondo-os a escorrer na pia, claro, outro papo de pedágio com o velho, esfregando o balcão com o pano, estava na cara, Rafael diz:

— Se estou preso, arbitre o achaque: não posso perder hoje o Matt Helm na Record.

Aborrecendo-se, cazzo, foram tantas as desavenças, por mim eu esquecia tudo, de modo que lhe escapou dos lábios um assobio contristado, Fiori diz:

— Dando uma de macho por cima de mim, Sete?

— Eu sei que você ia gostar: perca a esperança.

— Eu não quero jogar fora o meu tempo, Sete.

Rafael diz:

— Você entrou sozinho no botequim: um tira sem os outros tiras por perto vale menos que...

— Depois a gente discute esse assunto.

Com o saco cheio, se vomitasse saltaria o estômago em porções verdes na Praça Nossa Senhora das Vitórias, enxugando o tampo de estanho e trincando os molares, Rafael diz:

— Estou com a mão na turbina.

— Não vim a serviço — Fiori diz. — Vou pagar o vermute e propor um lance de *cem milhões de cabrais*. Agora que você já apareceu na fotografia e fez o seu número, encômios, que tal parar com a matraca?

Pausando, dopando a raiva, notando que o suor já secava nas costas da camisa, e derrubando o trapo no estrado carunchado e limoso, Rafael diz:

— Nunca vi meganha que não estivesse de serviço.

— Um negócio de cem milhões: avise caso interesse.

— Vou buscar o vermute.

— Leve para o escritório do velho. Ele está?

— Não.

Vagaroso, sentando-se no tamborete, vigiando entre as nódoas da sombra os dois dedos de Rafael Navarro ao redor do copo, um escorpião, Fiori diz:

— O que você tem que fazer é ir comigo para o Rio num Dodge Dart tinindo. Só que precisa ser já, logo depois desse aperitivo, guiando depressa, mas sem chamar a atenção dos guardas.

A luz da rua na garrafa, Rafael diz:

— Meu exame não está vencido.

Um escorpião de unhas rombudas. Imaginando que

Rafael Navarro tocava punheta com aquilo, Fiori diz:
— No Rio você vai apertar um gordo disfarçado de bichona num hotel que eu sei na Rua da Lapa. Eu não posso pintar de repente porque o cara me conhece duma diligência na Ladeira Porto Geral. Num quarto daquele hotel o gordo tem a grana do assalto de ontem aqui no União de Bancos.
— De ontem? Isso não é possível — Rafael diz.
— Tudo é possível — Fiori diz. — O gordo opera no ramo de lavagem e lubrificação de dinheiro.
— Uma grana em trânsito, bueno, tanto pode ser cem milhões como oitenta ou muito menos. Ponha na mesa como foi que você farejou a aduana.
— E daí?
— Questão de segurança, tira. Explique tudo, senão sem arreglo. E por que me escolheu?
Fiori diz:
— Tem havido certa carência de bandidos confiáveis em São Paulo. Vi um turquinho da Rua da Constituição, cazzo, queimando uma nota escura no La Licome, pondo água num copo de vinho francês, um criminoso, desses camaradas com beca de saldo e salário de balconista, pus um pé atrás: achei por bem montar um flagrante em particular, com umas ampolas de Pervitin, você entende, para me conduzir. Policialmente, a sorte ajuda a quem suspeita. No primeiro sopapo, ele confessou por inteiro. Guardei o turquinho numa delegacia de confiança, onde

não pega habeas corpus, e fui tomando uma boa distância da equipe de roubos. Não escalei mais ninguém no esquema porque não é costume dividir mosca morta. Falta saber se você topa.

Rafael diz:

— Esse turquinho...

— Um dissidente do grupo de Ivo Rahal. Precisamos agir com rapidez, Sete.

— E por falar em dividir.

— Não se discute. Vinte por cento e eu assumo as despesas. Olhe o relógio.

— Tudo se discute. Oito horas. O único que pode sair fodido da rodada sou eu.

— Depende de você. Oito e cinco.

— Tudo depende de tudo. Só entro com um cacife de quarenta por cento.

— Você ficou louco: nem eu vou faturar isso.

— Nunca por menos de trinta e cinco.

— Então trinta. Oito horas e seis minutos.

Beberam o resto dos copos. Rafael diz:

— Deixe na escrivaninha o dinheiro desta conta. Quero meia hora para testar o Dodge e dar um telefonema. Eu me garanto colocando gente minha no mapa.

— Meia hora. Você me deve o troco desta conta.

Rafael diz:

— Apague o turquinho antes de Rahal: a polícia faz isso sem beijo.

Fiori diz:

— Meia hora. Esqueci de dizer: vamos ter que matar o gordo.

Rafael diz:

— Onde está o Dodge?

O RÉU

Boa tarde, excelência; boa tarde, Rodolfo, veja a pauta; já vi, excelência, temos hoje oito interrogatórios e cinco audiências de instrução e julgamento; com o perdão da palavra, porra, Rodolfo; sem dúvida, excelência; às vezes eu me perco em sombrias cogitações, meu rapaz, não sei se por causa da úlcera, ou da carreira, ou da família forense, eu não bebo, não jogo, não fumo e não me desquito, sim, estou condenado a não ter vícios; sinto muito, excelência; tenho vivido à margem desses pecados tão salutares; receba, excelência, a expressão de meu pesar; a única coisa que me consola é que, enquanto o tempo se escoa, Rodolfo, eu produzo quinquênios; muito bom, excelência; não, meu dileto e eficaz escrevente, bom foi o que aquele promotor lançou ontem no arremate dumas contrarrazões: *Pela cabal mantença do rútilo veredicto invectivado.*

Que memória, excelência, não compreendo como o senhor consegue isso; ora, Rodolfo; que inteligência; ora, meu rapaz, foi um achado do promotor; sim, excelência; porém, como dizia o meu velho pai, vamos ao trabalho, com alegria e ânimo; vamos, excelência; droga, temos nesta maldita pilha uns quarenta processos; trinta e sete, excelência; vou despachar, enquanto isso você me passa à máquina este rascunho, por favor, leia em voz alta; pois não, excelência:

A complexidade das relações humanas, ultimamente, aliada ao insopitado crescer demográfico e ao permissivo múltiplo do materialismo ateu, não tem encontrado no avanço espiritual os supedâneos para a obtenção do equilíbrio e da estabilidade do sistema positivo de valores que, idealmente, deveria confundir-se com as raízes do universo. Porém não. Por esse motivo os jovens, buscando no pó da erronia a sua afirmação, não raro se deixam seduzir pelo verniz ilusório das tentações e das emoções do ilícito.

Boa tarde, doutor; com licença, doutor; como vai, doutor; tudo bem, doutor; então, doutor; oi, doutor; mantenha-se em pé e decline o seu nome; Rafael Navarro; esta denúncia acusa o senhor de ter participado de quatro assaltos em Interlagos e em Santo Amaro, no Natal do ano passado; não, eu não estava em nenhum desses lugares; mas o senhor foi preso em flagrante; não, inventaram tudo, ninguém me reconheceu nesse flagrante; ora, conforme o relato do promotor público, o senhor permaneceu na direção dum táxi com o motor ligado e esperando a volta dos comparsas; nada disso, me envolveram por vingança; o senhor confessou na polícia; só porque apanhei dos tiras; sempre a mesma ladainha, fantasiosas torturas, sevícias de folhetim, artimanhas duma ficção pueril, continue; me puseram no pote, tive que assinar uns vinte inquéritos; o senhor vestia uma jaqueta Lee; não me lembro; não se lembra, mas no bolso esquerdo da jaqueta a polícia encontrou micropontos de LSD; a polícia sempre encontra o que quer, não lido nem com fumo, ainda mais com droga, sou motorista de táxi e não recuso passageiro, não tenho culpa se de vez em quando um sujeito esquece o lanche dentro do carro; seu advogado; não tenho advogado; ora, ocorre-me de súbito que deixei ponderado alhures:

Constitui desatinado vezo valer-se a defesa do despreparo de alguns policiais para debitar-lhes, a todos, o inusitado da violência e a rara imponderação do arbítrio.

Eu invejo a sua cultura, excelência; ora; uma sumidade; ora; eu me felicito por ser o seu escrevente de sala; ora, não exorbite, Rodolfo, lembre-se, com pouco açúcar, assim, gentileza sua, tome também um cafezinho, Rodolfo.

TRINTA RATOS

Senhor, expulse os ratos da Ilha dos Sinos. Tenha misericórdia. Expulse os ratos, Senhor. Enquanto de joelhos suplicamos, fazendo arder entre o céu e a terra a angústia de nossa fé, o que propõe o capitão Lair Matias? Diretor da penitenciária, e dono de seu arbítrio policial, ele oferece um dia de liberdade ao presidiário que caçar trinta ratos, e apresentá-los na sala da carceragem, vivos ou mortos. Não numa pira, mas numa cova do chão arenoso, suponho, serão incinerados os roedores, e a fumaça ofenderá a Deus com a vileza de sua origem.

Imagino, por exemplo, Elpídio Tedesco, passional e bronco, fora da penitenciária, mas na Ilha dos Sinos, na praia ou no mato, com os seus direitos assegurados por trinta ratos. Segundo uma lenda, de lá só se foge para morrer. Mesmo assim, eu creio, o limite da liberdade de Elpídio Tedesco e de outros caçadores estará ao alcance do rifle de qualquer guarda de presídio. Não se compra a liberdade com ratos.

"Não se compra a liberdade com nada", gritou junto a um microfone camuflado o sociólogo Luís Guilherme Braga, e a esta altura ele também faz companhia aos ratos da Ilha dos Sinos. Não por isso, certamente.

Jamais se presenteou com um dia de liberdade o presi-

diário que recitasse trinta vezes uma prece. Em todo caso, meus irmãos, oremos.

DIÁRIO, 1976

Junho, 18. "Passei estes dias economizando", disse Baiano So Long a Munhoz Ortega, "contei até agora quarenta ratos", baixou os olhos com um pudor indecente, "estão em duas gavetas da enfermaria", e suspirou no corredor já vazio e tenso: ouviam-se gritos no pátio. Enquanto Ortega se afastava, Baiano So Long entrou na biblioteca por engano.

Junho, 19. Como se fecha um túmulo, os magistrados colocaram uma pedra definitiva sobre a minha condenação. Não se preocupe comigo, Aldrovando. Nem você pode fazer alguma coisa por mim. Todas as minhas petições foram indeferidas. No entanto, bem que eu gostaria de cumprir a pena e não dever nada à espécie humana. Incomoda-me morrer e deixar não como herança, mas como registro nesta sociedade de roedores, o saldo não resgatado de minha culpa. São cento e oitenta anos de reclusão, Aldrovando.

Não, Doutor, não me esfregue no rosto o Código e a sua advertência hipócrita de que na realidade a duração da pena corporal não pode ser superior a trinta anos. Isto é, condena-se um réu a cento e oitenta anos de segregação, ele cumpre trinta e sai, deixando a descoberto um resíduo de cento e cinquenta anos, um resto a pagar, escabroso e torpe, desde que insuficiente a sua vida para suportá-lo.

A realidade, Aldrovando, é que esse resto adere ao devedor e o distingue, caso ele sobreviva aos trinta anos de pedagogia carcerária. Afaste de mim esse Código.

Não importa a náusea que o meu comportamento tenha provocado nas casas de pasto e na jurisprudência dos homens bons, *eu sou o titular do direito de cumprir toda a pena que me impuseram*, isso eu escrevi aos tribunais. Absurdamente, a biologia e a justiça me impedem o desconto da condenação por inteiro. A duração da vida não basta para tanto. Aldrovando, seria demasiado exigir do Poder Judiciário que respeitasse, teoricamente, as fronteiras da existência possível?

Ao longo daqueles meses em que me entreguei ao chá de *ayahuasca* e às cintilações lunares do Rio dos Mortos, nas montanhas, afoguei doze meninas e dilacerei a dentadas parte de cada corpo. Não tive propósitos lascivos, embora alguns jornalistas, com a astúcia da profissão e o descaso pela verdade, preferissem propagar essa tese acusatória, falsa, rejeitada no processo.

Hora da chamada. Com licença.

Junho, 20. Certamente, Doutor, você já ouviu falar do crime continuado. Se o agente repete crimes idênticos nas mesmas circunstâncias de tempo, lugar e maneira de execução, a doutrina reconhece nos episódios um só delito contínuo e torna mais razoável a pena. Essa teoria me convinha; mas, velha história, os ladrões estarão sempre um passo à frente na preferência dos legisladores. O direito penal ainda não faz dessas gentilezas com os homicidas e os violadores de cadáver.

Porém, o pior na condição do réu pobre são os advogados não autorizados. Um deles tentou defender-me alegando questões de fé e as superstições que envolvem a *ayahuasca*. Repliquei de improviso e com todas as letras: "Superstição é falta de higiene. Toda fé é má-fé". E assinei.

O meu crime visou à essência humana, aquele trecho da vida que pertence a todos os seres, consequentemente a mim também. Nenhum jurisconsulto percebeu que cometi um suicídio. Eu iniciei o *suicídio permanente*. Uma criança, doze, ou trinta que eu tivesse matado e vilipendiado, na verdade eu atingi a consciência de nossa sobrevida. Devolvi à natureza o insulto que ela me fez ao gerar-me como eu sou. Foi um *delito natural*, Aldrovando, anterior e superior à escassa intuição da lei.

Não se preocupe comigo. Estou bem.

o motim na ilha dos sinos
capítulo 12

BOLETIM DE OCORRÊNCIA

Uns assaltos: uns bêbados: a morta atirada fora dum carro (era uma vadia e o carro não tinha placa). Uns maconheiros de olhar viajante: o jovem suicida: uns sujeitos de valentia na garganta e merda no calção (o sangue barato de sempre). Mas no domingo à noite, um caso alterou de certo modo as batidas cardíacas sob a farda do soldado PM Celso Malacrida. Esse Celso Malacrida, magro, branco e cavalar, criara-se em Regente Feijó e pertencera ao BPM de Presidente Prudente. Há dois anos em São Paulo, católico e atirador de elite, ainda não se afeiçoara aos homicídios oficiais.

O cabo PM Luciano Augusto de Camargo Mendes e o soldado Celso estacionaram a viatura nas proximidades da Favela da Paz, em Interlagos. Não fazia muito frio e os focos da eletricidade cobriam as colinas. Nisso, um grito e uns passos desencontrados chamaram a atenção dos policiais. Um homem, correndo por uma daquelas ladeiras de chão seco e pedregoso, desorientou-se no asfalto como se algum perigo o atacasse por todos os lados; no entanto, só a poeira o perseguia. De baixa estatura, confundindo-se às vezes com a sombra dos eucaliptos, espiou em torno até descobrir a RP. Veio agitadamente.

— Por favor — ele conseguiu gritar depois duma tentativa falha. — Tiraram todo o meu dinheiro. Luciano ficou sentado, fumando. O soldado Celso Malacrida ligou os faróis da viatura e, empurrando a porta, saiu com a mão no coldre.

— Calma, cidadão.

— Por favor. Depressa — o homem colocara tanto empenho em vencer a distância até os militares que precisou ser contido para não se estatelar na guia da calçada. — Todo o meu dinheiro.

Celso segurou-o pelos ombros.

— Quieto.

— Por favor, me ajudem.

— Claro.

Luciano perguntou:

— Qual o problema?

— Eu fui peitado na favela por dois sujeitos que logo me encostaram um facão na barriga e disseram "e daí?". Tinham vindo do meio do mato e me deram uns tapas na cabeça e no pescoço. Nem bem eu caía na valeta, me tomaram o relógio e todo o meu dinheiro. O relógio não custou muito caro, mas o dinheiro era o salário do mês.

— Entre aqui — ordenou Luciano. — Vamos dar um passeio pela favela e procurar os elementos. Você recebeu a grana hoje?

— Logo hoje. Imagine o azar — o homem ocupou a ponta do banco traseiro e esclareceu: — Eu trabalho

para uma firma.
— Gerente? — Luciano ironizava por hábito.
— Não. Sou um operário.
O cabo PM examinou-o de relance. O operário vestia uma blusa xadrez, de flanela, em cima duma camisa de meia. Os documentos estufavam o bolso da blusa. Ele amassava um lenço como se nada mais pudesse fazer com aquele trapo.
— Um facão na barriga... — espantava-se. — Minha irmã não vai acreditar.
O soldado Celso interferiu sensatamente:
— Você escapou de morrer, cidadão.
— Perca a esperança de recuperar o relógio e muito menos o dinheiro — alertou-o Luciano. — Era muito?
— Setecentos e oitenta cruzeiros. Deus é pai.
— Inclusive dos ladrões. Você se lembra da marca do relógio?
— Não.
Esmagando o cigarro na lataria da porta, e jogando-o na água servida, o cabo PM entendeu-se com o soldado:
— Malacrida, vamos subir a ladeira até a birosca do Eládio, com a luz apagada e sem chegar muito perto. Lá a gente olha o terreno e calcula o peso da barra.
— Muito bem — o soldado pôs a RP em movimento.
O aparato da ação policial, ainda que num Volks, exerceu no assaltado uma influência calmante.
Uma vaidade, antiga e fora de uso, pareceu ter des-

pertado em seu sangue. Tantos passam pela vida e não chegam a ser nem mesmo vítima consciente. Ele sentira na pele o frio dum facão. Agora a viatura rodava por uma das ladeiras de terra. Era a primeira vez que o camarada entrava numa RP, a irmã dele não ia acreditar. No rádio, as vozes sugeriam tiroteio e mistério. Luciano volveu para o assaltado o rosto e o ombro, com o braço apoiando-se no encosto.

— Não durma, rapaz. Vá olhando pelo vidro. Quem sabe você reconhece os ladrões e facilita para eles o rumo da cadeia e da regeneração.

— Estamos aí — ele só queria de volta o que era seu.

— Conte comigo — ergueu o polegar, por ser educado, mas a regeneração que fosse para o inferno. — Este vidro está um pouco sujo.

— Desculpe — adiantou-se Luciano. — Eu não podia prever o nosso encontro. Como você se chama?

— Aderaldo Prates de Oliveira — apalpou o bolso e ia retirando a carteira de trabalho.

— Por enquanto não, Aderaldo — o cabo PM adiou o exame da identidade com um gesto defensivo. — Você mora na favela?

— Eu? — surpreendeu-se Aderaldo. — De jeito nenhum — e usufruiu de propósito o estofamento da viatura. — Eu moro na casa de minha irmã e do meu cunhado em Parelheiros. Hoje eu vim aqui na Paz procurar um colega dele, Valdomiro, um azulejista.

— Qual o seu trabalho, Aderaldo?

— Sou raspador de taco.

— Hum. Você espera ficar rico raspando taco?

— Nunca — Aderaldo oscilou entre a resignação e uma desconfiança sorridente. — Serviço honesto não enriquece ninguém.

Luciano escutou o rádio por um momento.

— Aderaldo, você sabe que poderia ser detido em flagrante por isso?

— Como? — não compreendeu e decidiu calar-se.

O soldado Celso Malacrida avisou:

— Daqui já se vê o bar do Eládio.

— Então? — disse Luciano.

— Tudo muito calmo.

— Calmo demais. Esse silêncio significa que os caras já foram informados de nossa diligência. — Luciano dirigiu-se a Aderaldo: — Rapaz, descreva os assaltantes.

Aderaldo respondeu sem hesitar:

— Eram dois morenos de cabelo cheio. Um de tamanho comum, um pouco mais alto do que eu, até que bem-vestido com um paletó de pano grosso. O outro era mais claro, baixo, com uma camisa azul de manga comprida.

Celso fixou Aderaldo pelo retrovisor.

— Quando você fala moreno de cabelo cheio, cidadão, isso quer dizer que eles são pretos?

— São pretos.

— E por que não disse logo? Esses escrúpulos atrapalham a investigação.

— Desculpe — o operário encolheu-se na ponta do banco. — Achei que não precisava ofender os assaltantes só porque eles me roubaram.

Luciano sorriu para a Favela da Paz:

— Esse rapaz conhece o mundo.

Aderaldo explicou-se:

— Meu cunhado é moreno escuro, tem carteira de trabalho, é casado na igreja, não bebe e só fuma cigarro de papel.

Celso fitava friamente a birosca do Eládio. O barraco, que só se diferenciava dos outros pela cobertura de telha, marcava o limite da ladeira. Percebia-se pela janela um lampião de querosene sobre o balcão tosco. Algum defeito na ligação clandestina? Dentro, a luz amarelada se propagava até os batentes da porta larga, de duas folhas e ferrolho com cadeado. Os fundos do boteco davam para a subida do morro, escarpada, por onde com cipós alcançava-se o matagal.

Luciano:

— Os dois assaltantes traziam faca?

— Era um facão — declarou Aderaldo. — Eu só vi a arma na mão do sujeito de paletó.

— O que fazia o outro?

— O baixinho me arrancou o relógio sem falar nada. Quem falava era o companheiro dele, que não parava de me provocar, "e daí", e foi logo me espetando o aço na barriga e revirando os meus bolsos. "A grana, baiano, a grana". Eu pedi aos cabras que não me levassem os documentos. Dinheiro, puft, perdeu, acabou: não tem segunda via. Agora o homem, já viu, ele não existe sem a cédula de identidade. Quem faz questão de existir, se perdeu os documentos, já viu, tem que ir atrás da segunda via. O moreno bem-vestido atirou por cima de mim a carteira vazia e os papéis, "e daí?".

Celso interrompeu:

— Você fica no volante, cabo? Eu sigo a pé.

— Pode ir — só a essa altura o cabo PM usou o microfone para comunicar-se com o Comando e referir a posição da RP.

Viram Malacrida caminhar com a lanterna focada no chão até a porta do bar. Ele empurrou a folha da direita e entrou segurando a coronha do Taurus no coldre. A calmaria astuciosa da favela não se alterou a não ser pelo assobio do vento no capim alto. O soldado reapareceu nos fundos e retornou.

— Negativo — ele resumiu ao se aproximar da viatura. — Seria perda de tempo sacudir aqueles bêbados para ouvir mentiras. O Eládio dorme em cima da gaveta, de boca aberta e mão fechada. Dois cabras disputam um pebolim de doido, não acertam uma; se eles estão interessados no jogo, não demonstram.

Luciano:

— Talvez seja esse o jogo.

— Não. Eles já vomitaram na medalha. Perto do lampião, o sogro do Eládio estuda uns resultados da loteca de três anos atrás: ele anda dizendo que descobriu um sistema. Outro velho, o da perna de pau, grudou-se na parede para não cair e está explicando as suas visões do fim dos tempos.

Também os barracos se amparavam para não cair. Enquanto falava, Celso Malacrida apurava o ouvido para o rumor noturno da favela: o despejo duma lata, o despejo da TV, um estalo ao redor das árvores, uma tosse tirânica, uma briga de cães, choro de criança, um discurso evangélico, o rascar do zinco num telhado e, por vezes, um silêncio irado e repentino.

Luciano permaneceu ao volante.

— Você revistou alguém?

— Inspeção ocular — empertigou-se o soldado.

— Com certeza o Eládio nem se mexeu.

— Não — Malacrida riu. — Mas eu já vi aquele cabra acordar com o atrito de duas moedas.

— Vamos.

Celso Malacrida bateu a porta. Sugeriu:

— Podemos rodar por essa ladeira estreita que acaba no bosque de eucaliptos.

— Não me lembro se de lá tem saída para o asfalto — disse o cabo PM.

— Tem — colaborou Aderaldo.

— Confiemos — a diligência, além de não interessar a Luciano, irritava-o de leve.

— Um arruado de terra à esquerda de quem desce — o soldado PM Celso Malacrida acrescentou com seriedade.

— Vamos — Luciano ligou os faróis.

O que aconteceu depois pegou Aderaldo de surpresa, e o amedrontou de tal modo que, durante muito tempo, recordando aquilo tudo, ele resistia em admitir o fato como verdadeiro. Minha irmã não vai acreditar. Eu tinha ido até a Favela da Paz, em Interlagos, em busca dum azulejista. Desci do ônibus, e nem bem começava a subir a rua do bar, fui assaltado por dois morenos de cabelo cheio que me levaram o dinheiro e o relógio. Logo que diminuiu o susto, não sei se o senhor passou por uma dessa, catei os meus documentos no chão e saí atrás da polícia.

Nisso eu tive sorte, pensei. Já dentro da RP me encheram o saco de conversa e demos um passeio pela favela. Na volta, numa ladeira estreita, os faróis da viatura iluminaram um casal que vinha devagar pela rua. Eram brancos, o senhor compreende, eles não tinham nada a ver com a descrição que eu fiz dos assaltantes. Apesar disso os soldados gritaram "parem".

Até eu que nunca experimentei uma farda na vida, nem de porteiro de hotel, percebi que o homem — de capote em cima dum macacão de mecânico — perturbou-se com aquele grito, e tendo diante dos olhos os faróis, ele não podia enxergar um palmo na frente do nariz, e muito menos distinguir quem, à distância e no escuro, ordenava "parem". A moça quis se esconder por trás do homem. Foi quando ele sacou dum objeto que trazia no bolso do macacão: era uma chave de fenda de cabo amarelo. Será que a polícia não conhece uma chave de fenda?

    Sem falar mais nada e com uma rapidez que quase me deixou sem segurar o mijo, com o perdão da palavra, os dois PMs apontaram as armas contra o casal e dispararam tantos tiros que eu perdi a conta, putz, cada um descarregando o seu berro como se nunca tivessem feito outra coisa na vida. Eu vi a moça sangrar na cabeça antes de afrouxar o corpo. Eu continuo vendo o sangue brotar na cabeça da moça.

    Morreram ali. Eu sei porque ajudei a arrastar os corpos para a viatura. Agora os soldados mostravam pressa de levar as vítimas para o Pronto Socorro de Santo Amaro. Esforçavam-se para que chegassem lá ainda quentes. Dentro do carro, olhei melhor, era um funileiro que eu conhecia de vista. A moça era filha dele.

    No caminho, embora muito assustado com o que tinha ocorrido, eu observei o cabo PM remexer as roupas do homem, revistando, pensei, mas ele enfiou qualquer coisa debaixo da camisa do morto, imagine o senhor, parecia um bentinho. O cabo era religioso, fui pensando, quem diria, com aquela arrogância.

    Depois, no distrito, o soldado Celso sentou-se no banco a meu lado e puxou assunto comigo, a fim de me confortar, "como é, cidadão?" Eu desabafei sem faltar com o respeito, "puta que pariu". Ele concordou de cabeça baixa. Daí explicou que vida de policial era foda. Mas que eu não me preocupasse: a moça não passava de simples putinha, muito rueira, e o pai fumava maconha, tanto que guardava um pouco da "erva maldita", ele disse, numa dobra da cueca. Foi nessa hora que eu senti uma vergonha fria.

    Perdi a fome, não a sede. Voltei a me alimentar só quando a tosse me ameaçou um pulmão. Meu cunhado não sabia o que fazer. Minha irmã não acreditava: nem salame cortado fino me apetecia.

    Durante muita noite me revirei na cama e mordi o travesseiro para não gritar. Então lembrei, o reverendo Damasceno de Castro, que já me salvou uma vez do fundo do atoleiro, vai acender outra luz na minha estrada. Portanto, reverendo, logo que pude arranjar o dinheiro da consulta, vim ver o senhor.

    Sou culpado de chamar a polícia. Reverendo, me fale com sinceridade, eu mereço perdão?

ADEMIR

O delegado Roberto Marques Ferreira disse:
— Só falta o Ademir. Todos saíram da toca, menos o Ademir.

Luciano despiu a túnica e apertou o cinturão.

— Eu acho que posso arrancar esse crioulo daí de dentro — mostrou com o queixo os vidros estilhaçados da janela e a porta escancarada. — A casa não tem espaço no fundo. Ele vai tentar fugir pelo telhado.

Era preciso pensar depressa porque, pelo telhado, Ademir atingiria o muro da fábrica e teria mais campo para se locomover. Não havia policiais em número suficiente para garantir o cerco.

O delegado não se decidia. Nunca se decidia, e o momento ia passando como fumaça de revólver. Gordo, mas com uma agilidade bem treinada, Roberto Marques Ferreira inclinou o torso até apoiar-se na lanterna da C-14. Suava, mas isso não inibia o cheiro do talco e do uísque, cujas emanações — indiscretas e irritantes — nem o plantão corrompia. Ele observava a varanda nua da casa onde Ademir e o bando amontoavam a muamba dos assaltos. O pequeno portão de ferro, de duas folhas, abria-se de par em par, entre os pilares; e ali uma Kombi tornava menos devassada a saleta da frente. A madrugada clareava a ladeira e, ao redor, a Vila Talarico se espaçava nas colinas, quase se dissipava, como a acompanhar a névoa e o bafo dos esgotos.

Luciano moveu os músculos sob a camisa de meia. O delegado Marques Ferreira conteve o menosprezo e fitou-o.

— Você tenciona ir desarmado?

— Sim.

— Gostaria que me explicasse o motivo.

— Já acabou a munição do Ademir.

— Isso é o que se supõe.

— Suponho que o tempo seja curto.

— Também a vida pode ser curta — essa frase passou entre os dentes apertados de Marques Ferreira. Ele já não olhava o militar e logo o esqueceria, apenas um PM boçal, talvez mordido por ter assassinado ontem dois ou três favelados. O certo seria ele estar agora recolhido ao quartel, se este país fosse "uma sociedade politicamente organizada", palavras duma velha apostila.

Luciano argumentou:

— Se eu entrar na casa como estou, de mão limpa, o Ademir vai topar uma briga, mano a mano, mesmo que ele tenha uma bala de reserva.

— Continue falando.

— Ele precisa fazer um refém.

— Você conhece o Ademir?

— Tenho essa vantagem, doutor. Ele não me conhece.

Marques Ferreira enxugou o suor da cara.

— Eu não gosto de autorizar uma situação de risco para os outros — enfiou o dedo entre a nuca e o colarinho e puxou-o para trás, obeso e ridículo. — A arma é um direito do policial. Nada obriga você a provar alguma coisa sem o Taurus da corporação.

Enquanto o delegado examinava-o diretamente, com impaciência, o PM lembrou-se dos mortos da Favela da Paz e sorriu. Nada afetava a integridade desse sorriso.

— Eu só pretendo trazer o negro de lá.

Marques Ferreira:

— Não me agrada nenhum heroísmo antes do café da manhã.

— Vamos tomar o nosso café mais cedo do que o senhor espera, doutor.

Essa familiaridade exasperou o delegado.

— Vou dar cobertura — vingou-se. — Comece quando quiser.

Luciano disse:

— Daqui se tem uma visão ampla do telhado.

— Sei. O Ademir deve estar no forro, na companhia de seus orixás.

— Faça com que a turma dispare os rebites por cima da casa — insistiu o cabo PM — para que o Ademir nem pense em empurrar as telhas. Deixe o resto comigo.

Marques Ferreira fez sinal a um dos investigadores para que se aproximasse. Veio o Camilo Gomes. Ao delegado pareceu que uma telha se erguia. Sim. Desfechou duas balas naquela direção, e a telha voltou ao lugar.

Luciano abaixou-se e caminhou de espinha curvada até a traseira da Kombi, onde parou, ainda que sem vacilar. Esgueirou-se pela esquerda e subiu uns degraus de caco de ladrilho. Marques Ferreira perdeu-o de vista na penumbra espessa da varanda. Os componentes das três RPs torciam para que Luciano se ferrasse. Para não esconder a sua qualidade de tira, Camilo Gomes mascava um palito de fósforo.

— Ninguém até hoje sobreviveu a uma trombada com o Ademir — disse. — A folha de antecedentes dele refere uns trinta homicídios.

— Vá atrás — falou Marques Ferreira.

— Sim. Mas com a turbina na frente.

Camilo seguiu Luciano. Uma ou outra bala resvalava pela cumeeira. O delegado usou o megafone:

— Saia com as mãos na cabeça, Ademir. Estão com saudade de você na Ilha dos Sinos.

O negro pareceu ter desistido de escapar pelo telhado. Luciano comprimiu o ombro no batente. A luz da madrugada já se insinuava pelos cantos e mostrava na parede o estrago das balas. Com o tampo para baixo, durante o tiroteio, a mesa servira para escorar a porta. Ali um fio de sangue escorrera e se alargara sobre a folha desdobrada dum jornal. Alguma coisa estalava sob as botas de Luciano: as balas tinham espalhado no soalho os vidros do postigo. Dava para sentir um cheiro de homem acuado.

Bastou ferir um pivete e todos se entregaram. Era forte e quente o fedor do medo. Luciano pensou, Ademir não se machucava nunca. O alçapão do forro deveria estar no fim do corredor. Exatamente. Se eu passar distraído, com ar de perito criminal, ele se joga por cima de mim com os seus noventa quilos de carne suja. Ademir Neves da Conceição estava fodido e sabia disso, ia ser preso, jamais enganaria de novo o Conselho Penitenciário, iria agora para a Ilha dos Sinos; mas deixaria a sua marca na polícia, faria tudo o que estivesse a seu alcance para que o episódio justificasse uma notícia. Aquele monstro gostava de matar com as mãos. Bom gosto. O que ele tentaria desta vez, destroncar o meu pescoço?

Se eu morrer, *eu perco a quinta-feira*. Se eu me arrebentar, por outro modo qualquer, *eu adio a quinta-feira*. E se eu desistir? Estou com medo. Eu não precisava ter matado aqueles favelados. Intimamente, na *quinta-feira, eu queria estar trancafiado no Barro Branco*. Sim. Como um civil, eu tenho medo. Um tira vem vindo atrás de mim. Dava para sentir, encorpado e grosso, o cheiro do pavor. De quem?

Caiu como um fardo nas minhas costas. Suportei o peso da dor, não da surpresa: ele não desconfiava de que na minha pele, endurecendo-a como pedra, o melhor da minha raiva o esperava. Lancei os cotovelos para trás, como um cavalo o faria com as suas patas ferradas, e o atingi nas costelas. Foi um coice duplo e ele não encontrou fôlego para urrar. Com os olhos saltados, desgrudou-se de mim. Quando me virei, ainda pude vê-lo tatear na parede, sem equilíbrio, soprando o ar da garganta num simulacro de sorriso. Lerdo de raciocínio, mas poderoso de corpo, o segredo era impedir que o negro se recuperasse para pensar e reagir. Nem bem eu completava o giro, descarreguei no olho dele a força de meu punho esquerdo. Daí ele achou a parede com o arco das costas e eu o cobri de socos na cara, sempre de esquerda, usando a direita só para romper a guarda. O homem sangrava ao redor do sorriso, bufando. Me olhava não como uma besta encurralada, me sondava agora conscientemente, já sabia com quem estava lidando e avaliava o tempo que eu demoraria para me cansar.

Tinha uma brutalidade muscular que superava o meu vigor, e uma resistência de tanque. Era preciso estourá-lo antes que tivesse uma chance de assumir a ofensiva. Calado, ao contrário de, por exemplo, Elpídio Tedesco, cujos nervos vibravam num xingamento baboso, em qualquer briga, o negro apostava no meu primeiro erro. Ele se retesava para desferir o bote.

Abri um espaço, um *time* do Joel, como se uma luta como aquela comportasse regra ou frescura. Rápido, ele foi nessa. Pulou no meu rumo, às cegas, confiando nos seus noventa quilos. Vinha como um Volvo sem freios. Sentei e, impulsionando as pernas, plantei a sola da bota no seu ventre chato e duro. Ele saiu do piso e voltou inteiro, de cabeça para baixo, resvalando perigosamente no meu costado. Chegou a apoiar as mãos no chão para distanciar-se numa cambalhota. Não deixei. Eu não estava ali para fazer fita. Sempre sentado, acertei a posição de ataque com as pernas, firmei os braços no chão e fiz descer os pés como quem maneja um soquete de pedreiro.

Ademir gritou de ódio. Uma bota pegou-o no queixo e a outra, rasgando-lhe a orelha, ressoou no ladrilho. Segui atacando: o salto do coturno, pesado e cheio, atingiu-o na testa e na clavícula; agora de raspão no nariz; e depois, inteiro e redondo, entre o olho e o zigoma. Tardo, estúpido, ele se torcia e rastejava num óleo que, pegajoso e quente, reconheceu com incredulidade: o seu sangue. Ele se levantou, zonzo, justo a tempo de provar com o queixo fraturado o meu soco de direita. Ele parecia não sentir dor ou medo. Apenas não era capaz de compreender o que acontecia, e só isso o perturbava. Eu bati com toda a força. Ele andou de costas até o fim do corredor e desabou sobre um fogão a gás. A essa altura, estava a meu dispor: era só desmanchá-lo à porrada, com a direita, a minha verdadeira mão.

A cara de Ademir nem de longe lembrava as fotos

do álbum de identificação. Não sei quantos golpes fui repetindo nos inchaços daquele bruto, calculadamente, em cima de cada deformação sanguinolenta, para confirmar e moer. Não tenho muita certeza, mas uma boa meia dúzia de dentes foi-se. De algum modo eu também não compreendia o que acontecera comigo. Havia a impressão de que as coisas se aceleraram num único segundo, tudo evoluindo com uma ferocidade insana a partir do momento em que o negro, imenso e horrendo, despencara do forro. Trocando um com o outro o suor da sobrevivência, fétido, aceitei o seu cheiro, grudando a minha pele na dele, porque é assim que se luta, e também se trepa. Por isso, eu queria matá-lo. Eu ia acabar com ele quando me agarraram pelos ombros.

— Já basta, cabo Luciano.

O tira apertava a coronha do Taurus-38. Claro. Já bastava. O delegado Marques Ferreira surgiu no corredor.

— Tudo sob controle?

— Tudo — respondeu evasivamente Camilo Gomes.

Descobri o meu cansaço. Larguei a sobra para a Polícia Civil. Devagar, limpei na calça o sangue da mão fechada.

TERÇA-FEIRA

Ainda não era o pânico, e sim o medo na sua presença mínima, o suficiente para eu reconhecê-lo no fundo de meu orgulho ou de minha imprudência. Só por isso eu me arrisquei com o negro, pensei depois. Também por isso matei os favelados. Se alguma coisa me acontecesse, se eu quebrasse a cara, a quinta-feira estaria adiada, eu insistia vergonhosamente. Eu tinha medo de ter medo (isso estava numa apostila do delegado A. C. Noronha), pelo que terminei um cigarro e acendi outro na ponta esbraseada. Marilu preocupava-se:

— Luciano. Algum grilo?

— Nenhum — enrolei a capa no braço. — Vou sair.

— Você demora?

— Não — amarrotei o capuz. — Hoje não.

Era a noite de terça-feira. No rádio do Opala, e já no beco da Rua Reims, era uma flauta: o ar do Mississipi soprava pelo tubo e expulsava, morno e grave, aquele tom resignado de suor e *toddy*.

Terça. Luciano suprime com o girar dum botão a imagem negra. Vesgo espera-o na calçada. Aconteceu alguma coisa? Os outros já chegaram faz tempo, ele diz. Vesgo pressente, mais do que observa, alguma tensão na frieza do militar.

No colchão, com as pernas escanchadas e o gorro servindo de travesseiro contra a parede, Beiçola folheia uma revista em quadrinhos. Como vai, meu cabo? Joel My Friend passeia pelo quarto. Interrompe-se junto à porta, e derrubando o cigarro no chão, oi Luciano, pisa-o enquanto fita o militar com ansiedade. Beiçola abandona a revista.

Luciano puxa uma cadeira, vira-a com o espaldar para a frente e senta-se, lançando a capa em cima da mesa. Beiçola levanta-se do colchão. Foi uma loucura enfrentar o Ademir, ele diz. Vesgo espalma as mãos nas têmporas oleosas. Foi uma loucura, o caolho diz e acrescenta: sem um revólver. Travado por uma súbita mudez, Jô expressa a sua concordância com um swing de corpo. Luciano descansa os cotovelos no respaldo. Ninguém fala nos mortos da Favela da Paz.

Jô não se atreve a chegar mais perto de his leader. Vesgo acende um cigarro cauteloso e encolhe-se na japona tantas vezes suada. A boca de Beiçola exala um fedor de tripas em decomposição. Longe de mim penetrar o indevido, ele diz com todo o respeito. Mas já vi o Ademir quebrar a socos os dois braços dum Rei Momo. A luz da lâmpada atinge o rosto de Luciano. Joel My Friend observa as mãos dele fecharem-se sobre o encosto da cadeira.

— Ouçam todos — o cabo PM não encara ninguém. — Poderemos ser descobertos nas próximas horas.

— Não entendi, meu cabo.

— Entendeu, Beiçola.

— Mas como? — grita Joel My Friend com raiva.

— Calma.

— Eu quero um revólver — o pivete libera impulsos nervosos de que os outros não suspeitavam.

— Nada disso — impõe Luciano cruamente. — Estamos juntos, garoto. Comece por amarrar o cordão desse tênis. Será que só existe coragem quando tudo corre bem?

— Eu não tenho medo — ele estremece e tenta amarrar o cordão. — Mas eu quero um revólver. Nunca mais um meganha me toca o dedo na pele sem levar o troco.

— Quieto — a voz do PM não se altera. — Eu não disse que fomos descobertos. Eu mereço ou não a confiança de vocês?

— Claro — diz Beiçola. — Somos uma quadrilha e não um partido político. Temos um código de honra e um chefe.

Luciano relaxa as mãos no espaldar. Beiçola ainda pensa em Ademir. Aproximando-se, Vesgo oferece ao PM um maço novo de Minister. O cabo recusa e se explica:

— Eu não falei que a sujeira já pintou por perto. Só estou avisando que não podemos perder a cabeça e balas de revólver. Simplesmente corremos o risco de ser descobertos.

— Alguém daqui foi reconhecido? — indaga Vesgo, mais do que nunca enfiado na japona, mordendo o cigarro.

Beiçola recorda o que leu nas manchetes duma banca sobre os mortos da Favela da Paz. Luciano olha a vidraça.

— Vesgo — ele diz. — Procure lembrar um acidente de trânsito em que você se meteu na Rua dos Trilhos.

— Não tive nenhuma culpa — responde Vesgo. — Um velho atravessou a pista na frente do Volks e eu consegui brecar. O idiota se machucou com o tombo. Um investigador, por setenta cruzeiros que eu trazia no bolso, aplicou na hora a jurisprudência pacífica e deu o caso por encerrado.

Luciano verga o corpo até apoiar o queixo no respaldo. Diz:

— Mas ficou um boletim de ocorrência no arquivo da delegacia e setenta cruzeiros na memória desse investigador. Você por acaso guardou o nome dele?

— Não.

— Corvo II.

Vesgo resvala no sorriso inconsequente. Diz:

— Bem-posto o apelido. Um magrinho de camisa preta e colete apertado.

— Isso — o ar não se descarrega apesar, ou por causa, da apatia de Luciano. — Um civil de salto alto e soco inglês.

Ademir não sai da cabeça de Beiçola.

— Você está muito seguro de si, meu cabo.

Luciano se levanta e cruza os braços nas costas. Parece não ter ouvido Beiçola. Diz:

— Eu acho que, num dos nossos assaltos, o Corvo II detectou o Vesgo na zona perigosa. O camarada teve um desses estalos de investigador.

Vesgo quase não articula a fala:

— Meganha.

— Eu mato esse tira — promete Joel My Friend.

Beiçola diz:

— Ele fez um curso de cartomante.

O cabo PM estaria decidido a passar por cima das opiniões de Beiçola? Sem descruzar os braços nas costas, Luciano caminha pesadamente até a vidraça e não se volta. Diz:

— Só sei que Corvo II jogou no escuro e encontrou a pista.

— Encontrou a pista? — Vesgo suspende a gola da japona e, por um momento, surpreende-se a olhar com ódio a nuca rapada do PM. — Que pista?

O cabo resolve andar pelo quarto.

— Obtive hoje o informe de que o Corvo II está levantando todos os seus endereços, Vesgo.

— São muitos.

— A esta altura ele já sabe que são muitos.

— Esse cara vai desistir na metade.

— Aquele rato não desiste nunca — o militar se coloca

fora do foco da lâmpada. — Logo ele encosta o focinho por aqui, Vesgo, no beco da Rua Reims.

O caolho senta-se. Desabafa:

— Rato. Rato. Rato.

Mas Beiçola, raciocinando depressa, diz:

— Estamos nas mãos do nosso cabo.

O silêncio resfria os temores de Joel My Friend. Enquanto a madeira do forro estala, Beiçola colhe e analisa os efeitos de seu apoio ao militar, quase uma cumplicidade. Luciano diz:

— Chega de conversa. Faremos o que eu achar melhor para o grupo.

— Curriola — permite-se o negro.

Joel My Friend acomoda-se no colchão. Vesgo, ainda sentado, agacha-se de lado, como se tivesse perdido o senso ou o aprumo de homem, e tendo tocado a boca num dedo do chefe, involuntariamente, reflete no rosto uma avidez confusa: desejaria ter lambido a mão inteira?

O PM diz:

— Eu quero vocês fora da cidade amanhã.

Vesgo reluta em separar-se de seus tijolos soltos. Diz:

— Amanhã?

— Sim. Levem dinheiro que baste para um mês. Algum problema, Beiçola?

— Não, meu cabo. Tenho uns parentes em Niterói.

— Niterói — o tom, ainda que neutro, não disfarça o comando e a autoridade. — Não volte dentro dum mês.

— Acho que eles me prendem por mais tempo, meu cabo.

— Não resista.

Joel My Friend se manifesta:

— Ok. Mas por que devemos fugir de São Paulo? Eu conheço pelo menos umas mil tocas onde meganha, para entrar, precisa ter colhão e passaporte.

— E você acredita que eu desconheça? Faça o que eu estou mandando, Jô.

Beiçola diz:

— Ele tem razão, Jô.

O cabo PM vence a repulsa e encosta o dorso da mão no ombro de Vesgo. Diz:

— Estas paredes não desabam fácil.

O caolho une as pernas e esfrega-as resolutamente, como se, duma hora para outra, sentisse uma estranha necessidade de se aquecer. Depois, empurra os pés sob a cadeira, mostrando o solado de pneu e as meias verdes, um tanto repuxadas pelas botinas de elástico.

— Amanhã ... — ele suspira.

— Sem falta — determina Luciano. — Eu fico com as chaves.

Vesgo não se anima a contrariá-lo.

— Com as minhas chaves?

— Isso mesmo. Até o fim da semana o meu cunhado monta por aqui uma oficina de verdade. Quando o Corvo II trouxer, por exemplo, uma TV para consertar, ele pode ter uma surpresa: o cunhado cobra caro e não faz abatimento para policiais.

Vesgo encolhe-se de frio. Diz:

— Quem sabe você me arruma de volta os setenta cruzeiros — ele consegue fitar Luciano. — Isso a juros teria acumulado uma pequena fortuna: faz quase três anos que o Corvo II me achacou. Foi em julho de 1973. Eu não podia ser culpado pelo tombo daquele velho.

O cabo apanha a capa em cima da mesa e amassa-a irritadamente. Beiçola diz:

— Apareceram ratos na Ilha dos Sinos. O diretor avisou os presos que troca um dia de liberdade por trinta ratos vivos ou mortos.

— Setenta cruzeiros — o frio atormenta o caolho.

— Imagine o Ademir caçando rato na Ilha dos Sinos — diz Joel My Friend.

— Meu cabo, trinta ratos por um dia de liberdade na ilha.

Desinteressou-se Vesgo:

— Na ilha?

Um ardor no estômago, o PM ainda amarrota a capa. Ele viu só uma vez o major Lair Matias, diretor da Colônia Correcional da Ilha dos Sinos. Sempre teve ideias de civil, o major, embora viesse da antiga Força Pública. Na verdade, incomoda Luciano o fatalismo de Beiçola. O negro aceitara tudo muito depressa e até o ajudara a convencer os demais, pensa e abotoa o capuz à capa.

Os mortos da Favela da Paz e o Ademir emocionaram o negro, reflete e se distancia. *Eles estão falando sobre ratos*, o PM tenta não rir.

— Hoje — ele diz — no presídio da Ilha dos Sinos, rato é dinheiro. Enquanto corremos atrás do vil metal, neste vale de esperma, aqueles pobres diabos correm atrás do vil roedor.

— Você tem razão, meu cabo. O que será que eles não estão fazendo para conseguir trinta ratos.

Luciano diz:

— Avarentos estocando ratos mortos: capitalistas criando filhotes: carcereiros negociando com os presos o retorno de ratos ao meio circulante: ratos falsos: roubo de ratos: uma Bolsa de Valores com ratos ao portador.

— Quantas transas, meu cabo. A cadeia é o espaço humano onde mais se faz questão de liberdade.

— Putz — cuspilha Joel My Friend. — Quantos ratos não estará cobrando o Martarrocha?

Piscando, Vesgo se alegra e espia em torno. Diz:

— Ratos. Ratos.

Farfalha o impermeável marrom no antebraço do PM.

— Furou o papo — diz. — Não gosto de perder tempo. Desapareçam de São Paulo por um mês. Só depois desse prazo é que vamos restabelecer o contato.

— Numa boa — emenda Beiçola.

Concordam. Vesgo, arrastando a cadeira, risca mais um fósforo e isso serve para desafogar em todos um

resto de apreensão. Luciano fala a Joel My Friend.
— Você esqueceu o caminho de Minas Gerais?
— Never.
Invade as paredes o grito duma sirena. O riso do cabo alcança os comparsas. Diz:
— Não portem nenhuma arma na viagem — ele destaca o busto militar. — Vou tomar conta do arsenal. Na próxima operação teremos duas metralhadoras Ina.
— Ouvi dizer que elas enferrujam — atreve-se Vesgo enquanto a sirena se perde nos labirintos da Casa Verde Baixa.

Beiçola diz:
— Conosco não terão tempo — ele se espreguiça como um cachorro gordo e vadio. — E se é só isso, meu cabo, estou de saída.
— Você e o Jô podem sair juntos. Eu ainda quero um particular com o dono da casa.
— Com a sua licença, meu cabo. Ciao, Vesgo.
— Boa noite. Boa noite.

Inconscientemente, como se seguisse o conselho da velha Eleutéria, nunca dê as costas a um branco, Beiçola afasta-se à ré e com mesuras, até a escada, onde desaparece da vista de Luciano. Nota o PM que o suor de Vesgo mancha o papel de seu cigarro torto. Indaga:
— Você tem uma mochila?
— Tenho duas malas dentro da carcaça da geladeira.
— Uma mochila grande, de lona, desperta menos

suspeita.

— Eu me viro — apega-se ao cigarro e procura não encarar o PM. — Não nasci ontem — ele se valoriza moralmente como assaltante e cidadão.

Luciano não ri.

— Estou perguntando só porque posso me desfazer de uma. Se quiser, eu trago amanhã.

— Nada contra, cabo.

— Uma bela mochila de pescador.

— Tudo bem.

O PM faz com que as suas palavras se precipitem agora em linha reta. Diz:

— Você precisa desocupar a casa amanhã cedo. Eu venho com a mochila e já levo as chaves. Não deixe para trás nada que sirva para iniciar uma pista.

— Falou.

Acercando-se da escada, o cabo veste a capa e apoia o cotovelo no corrimão. Diz:

— Não desconsidere o Corvo II. Ele tem idênticos méritos como policial e como achacador.

— Eu me lembro.

— O Corvo II é um dos raros civis que rivalizam com qualquer pastor alemão da PM — escarnece Luciano.

Vesgo inclina o corpo e, no seu rosto, uma sombra se inquieta.

— É uma questão de sorte e de treino — e ele se justifica: — Até eu, se tivesse na vida um instrutor que me tratasse a rim de boi e angu, disputaria um lugar entre esses pastores alemães da PM.

Conversam enquanto descem os degraus ressoantes.

— Creio que pelo menos a coleira contra pulgas o impediria de entrar nessa disputa.

— Estivemos um tanto nervosos — desculpa-se Vesgo.

Luciano abre a porta e passa. O ar da noite envolve-o numa emanação de rio fétido. Não muito longe, nos quintais, as árvores se agitam sem nada poder contra a noite urbana e acre. Amanhã será quarta-feira.

— Você pretende viajar para onde, Vesgo?

As dobradiças do portão rangem.

— Pensei bastante nisso.

— Só pensar não basta — Luciano diz com ameaçadora naturalidade. — Nenhum pensamento evita a ferrugem das armas de fogo.

Metralhadoras Ina? Vesgo acentua no gesto o seu desconsolo mais doentio e fareja o bafio da noite, como se a desafiasse. Diz:

— Já decidi, cabo. Peço emprestado ou alugo um Volks do Samuel da alfaiataria e me escondo numa dessas pensões de praia. Vou pescar durante um mês.

— Esse Samuel...

— Samuel Bortz. Sem problema.

Luciano liga o motor e engata a ré.

— Um mês inteiro de pescaria.

— Palavra. Um saco.

— Vale o sacrifício, Vesgo.

— Nesta época só aparece basbaque na orla.

— Praia Grande?

— Santos.

— Você calculou direito as coisas, Vesgo.

— Espero que não falhe.

— Bom — terminou Luciano. — Vou embora.

— Caminho livre, cabo.

— Até amanhã cedo.

— De acordo.

DIÁRIO, 1976

Junho, 21. Os tribunais reconheceram injustamente as qualificadoras que elevaram a condenação de Elpídio Tedesco, expliquei por escrito a Aldrovando Ulhoa. Elpídio matou um homem por trás, isso foi interpretado como traição agravadora. Usou um revólver e descarregou-o no alvo, viu-se na conduta um recurso que dificultou ou tornou impossível a defesa do ofendido.

Porém, nada mais equivocado, escrevi ao Doutor. Eu presenciei as lutas simuladas de que Elpídio participou em Presidente Venceslau: ele destroncava halterofilistas no primeiro embate. Para matar a espichada, torta e magra vítima, ele não precisava da traição ou da arma de fogo. Argumentaram os juízes com o caráter objetivo dessas circunstâncias. Ora, Aldrovando, os dois metros e os cem quilos de Elpídio Tedesco seriam, por acaso, abstratos?

Acredito que ter pela frente aquele paquiderme como adversário decidido suscitaria não apenas surpresa, mas horror. Portanto, Elpídio evitou que a repuxada, adunca e frágil vítima tomasse um susto antes da morte; poupou-a de emoções grotescas e paralisantes. Disparando por trás, sem errar nenhum tiro, Elpídio não desfigurou as feições do defunto, preservando-as, lisas e lívidas, para as honras fúnebres. Estude a questão por esse ângulo, Aldrovando. Por enquanto, Elpídio remete vinte ratos.

o motim na ilha dos sinos
capítulo 13

MIGUEL TORRALBA

A luz atingia a oficina pelo vão da escada. Vesgo abaixou-se atrás do balcão e puxou a gaveta. Sob a mira dum rato, à espreita, achou um cantil forrado de brim cáqui, um cachecol, um punhal com bainha de couro. Foi remexendo nos cantos até recolher todas as meias (só usava meias verdes). Outro rato juntou-se ao primeiro.

O caolho embolou as meias verdes, de diferentes tons, reuniu-as no cachecol, cuja trama de lã ele esticou; estavam limpas as meias verdes, ocultou-as, laçou as pontas do cachecol num nó. Desdobrou uma calça Lee, pegou uma camiseta e uma blusa de flanela (repentinamente, com alarde e guinchos, os ratos debandaram). Subindo ao quarto, Vesgo depositou a trouxa na mesa. Uma camiseta durava um mês sem precisar da água do tanque.

O cantil e o punhal pertenceram ao avô espanhol. Morta a mulher, o avô sentou-se numa cadeira de braços e de lá nunca mais saiu. Exalava os seus descontroles com rapidez depois de comer. Bem devagar, definhou na cadeira, aos cuidados de duas filhas e duas noras, viúvas de luto fechado, magras, que lhe sujavam o colete com o caldo do grão-de-bico, censuravam-lhe as fezes súbitas e o lavavam com fúria e imprecações.

Atrás da cerca de bambu, os vizinhos contavam no coradouro os fraldões de Miguel Torralba, rico e miserável, sitiante no Morro Vermelho, em Santana de Serra Acima, orgulhoso e criador de cabras. A cadeira de braços iria apodrecer antes que Miguel Torralba perdesse inteiramente o peso e a teimosia. O gesto cego, a razão surda, ele se recusava a receber no estômago o Santíssimo. Entretanto, para isso e aos domingos, fazendo esvoaçar pelas ruas os xales e os véus negros, as mulheres carregavam a cadeira como um andor de procissão, e rumavam com o entrevado para a missa das seis, na Catedral de Santana Velha (desabotoou Vesgo a bainha do punhal).

Moravam no Bairro Alto, perto do Rio Lavapés, numa casa de alpendre com pilares de tijolos. Portanto, longa a caminhada até a igreja, atravessavam de madrugada a ponte da Rua Siqueira Campos e em triunfo cruzavam a Rua do Sapo, a Rua Curuzu e a Rua Amando. Paravam na sagrada esquina do Bar Colosso. Cada domingo, era mais leve o andor. Teria Miguel Torralba alguma lembrança de Frei José de Guadalupe Mojica? As mulheres, com fôlego e saudade, desde que os maridos morreram cedo, fremiam de ira contra os curiosos que iam abrindo as venezianas. Naquela mesa perto do biombo, o belo cantor bebera água fresca, ai, ainda na década de cinquenta, uma tentação de frade, ai, e se negara a rememorar suas canções profanas. Mientras que ninguém cantasse

Angelitos negros melhor do que o médico Alfonso Ortiz Tirado. Palavra.

As espanholas de Vigo, brancas e peludas, com o peito rancoroso e católico, sobraçando missais e palmas de Ramos, erguiam mais alto a cadeira com a carcaça de Miguel Torralba e retomavam o cortejo, agora acrescido de notívagos e senhoras da Irmandade do Rosário. Sinistros, a ladeira os acorcundava na manhã fria. Passavam pela Rua Cesário, Rua Cardoso, Rua General Teles e Praça Rubião Júnior. Sonolento e paramentado para a missa da seis, esperava-os na Catedral o senhor cônego Agostinho.

Via Crucis. Estaria Miguel Torralba bem amarrado ao andor? Punham na calçada a cadeira de braços e testavam as fivelas das cintas de couro que subjugavam o velho e por isso lhe davam compostura.

Alçava-se a cadeira aos ombros das mulheres, e seguiam com tamanha cruz, uma em cada perna de mogno, por Dios, abanando-se com as palmas bentas de sua crença. As espanholas de Vigo, agitando terços e fitas com medalhas, sacudiam o andor enquanto, nas lajes, escorregavam os tacões de seus sapatos. O vento da Praça Martinho secava a camisa de Miguel Torralba.

Na escadaria da Catedral, já desencostada pelo sacristão a porta do meio, imensa, de duas folhas com guarnição de ferro, e pendendo o andor para trás por arte do maligno, um dia, alguma coisa estalou no ar e abalou as mulheres: não fosse um osso do penitente. Bem na hora. Entraram com os sinos da torre, a sineta do coroinha e o órgão de Maria Lourenção (Vesgo puxou o punhal).

Colocada a cadeira no piso, antes da fileira de colunas, e as palmas de Ramos ao pé dum genuflexório, dispersava-se o préstito pela nave, que ia colhendo os fiéis sob a abóbada de aresta ou ao longo dos nichos, lado a lado, nas altas paredes onde se sucediam os arcos ogivais. Engrossavam a troupe de beatos uns tresnoitados do Volga, ou da Casa de Mazé, ou do Sobrado de Elvira (santuários da Rua Costa Leite), que puxavam sob a manga do paletó os punhos das camisas brancas, com abotoaduras; e compungidos diante da pia de água benta, a barba por fazer e o sono por dormir, benziam-se entre o Santíssimo e Miguel Torralba. Todas as semanas, e com hora marcada, eles se arrependiam durante a missa. Se não, jamais pecariam aos sábados.

Jazia o velho entre as unhas das quatro mulheres de Vigo. Uma dessas, Agda, quando uns comissários conduziram o filho ao reformatório, deu-lhe um cachecol de lã marrom, na porta do Fórum, enrolando-o no pescoço do menino e apertando o nó, para estrangulá-lo (a certeza disso convertia-se em suor nas têmporas de Vesgo).

No ano da morte do penitente, gracias, os seus cabelos embranqueceram de vez e ganharam a aspereza da palha. Nero, o cachorro cego, compartilhava com o dono o fedor de mofo. Agora o terno de brim cáqui sobrava de alto a baixo no esqueleto daquele homem (Vesgo alisou o forro descorado do cantil). Já não lhe calçavam as botas de fole onde, luzindo, recendia a graxa preta para o faro de Nero. Nos chinelos, as unhas se retorciam fora da palmilha. Também desistiram de aparar-lhe a barba que, ibérica e raivosa, encrespou-se ao redor dos lábios roxos.

Sem corda o relógio do colete, o tempo já não girava pelo mostrador de algarismos romanos. A pele do rosto, como se a caveira tivesse amolecido, deixara de sustentar a feição severa e viril de quem, um exemplo para a família, levara a arte cirúrgica ao esquartejamento dos cabritos. As sobrancelhas felpudas, escuras, que encobriam os vincos entre os olhos, reduziram-se a picões alvacentos. Atado a sua cadeira de braços, no corredor, queria não ver a longa perspectiva dos bancos da igreja que se afunilavam até o altar, acompanhando a geometria dos ladrilhos. Sem nenhum interesse pela missa, e as mulheres de Vigo notaram com assombro ao voltar com o Santíssimo nas entranhas, Miguel Torralba, pálido e com varizes negras, tornara-se estrábico (Vesgo limpou o suor na ponta do cachecol de Agda).

AS MEIAS VERDES

Sair daqui. Estas paredes não desabam fácil. Sem defesa contra o pavor, Vesgo encolheu-se até sentir o próprio cheiro. Amanhã. Amanhã. Sacudiu a cabeça (afinal, a chefia estava na mão do cabo). Apagou a lâmpada e parou diante do escuro. Veria o Samuel, da alfaiataria, antes da madrugada e durante a sopa de cebolas (ele não lhe negaria o Volks). De costas para a vidraça, por onde se intrometia a noite lívida, não distinguia as paredes; porém, elas foram voltando para compor o fundo dos objetos cotidianos: o Seiko dependurado pela pulseira (onze e dez), o colchão, a cadeira de pinho, o copo sujo, o calendário das mulheres peladas. Chega de conversa.

Vesgo já não suava (pagaria o aluguel do Volks com robalos da Praia do Gonzaga). Os pés doíam de frio e cansaço (esconderia o carro no quintal da pensão). Sentou-se na cama e, sem tirar as botinas, cobriu os joelhos e as pernas com um dos cobertores de baeta (devolveria o Volks com o tanque cheio e os pneus calibrados).

Aprendera a gostar do escuro. Antigamente o quarto escuro abrigava o castigo. Bobagem. Por um momento, durante o castigo ou a escuridão, a vida perdia o limite. Vesgo encostou um ombro nos tijolos úmidos da parede.

Não precisava fechar os olhos para ver-se (a visão sempre emergia da sombra como as paredes): um menino sozinho, assustado, andando por um corredor de ladrilhos pardos (o reformatório). O sol brilhava no pátio. Não havia ninguém por lá (mas isso não era possível). Atrás da luz cegante, e duma névoa que fazia chorar, um portão de ferro escancarava-se para uma rua de árvores com flores roxas (as quaresmeiras). Teriam todos fugido? Vesgo arrepiou-se ante a eventualidade de alcançar a rua. Descalço, muito pequeno, rumou para o pátio. Porém, as lajotas do chão queimaram-lhe os pés. Começou a gritar. Correu pelo pátio, pulando (até então não sabia refugiar-se na sombra). Seus gritos alarmaram o mormaço e a preguiça. Foi detido pelo pescoço e jogado num piso de cimento (a entrada da lavanderia). Com os pés para cima, gemeu de vergonha e raiva enquanto o vigilante bocejava, sem camisa, de sunga, de medalha no peito grisalho e meias verdes.

A autoridade usava meias verdes. Vesgo saltou com agilidade para pisotear o colchão e chutar os cobertores de baeta. Ouviu o ruído dum pano que se rasgava. Recuperou a calma defronte da parede. O Corvo II está levantando todos os seus endereços. Afastando o calendário das mulheres peladas, retirou os tijolos e trouxe para fora o pacote de cigarros Hollywood. Agachou-se até encontrar o apoio dos calcanhares, com o pacote ao colo, alisando-o no suor da mão fria.

QUARTA-FEIRA

— Alô. Pronto.
— Você melhorou?
— Oi — Rô não evitou o descompasso do peito e um leve tremor nas mãos. — Foi um resfriado. Já sarei.
— Menina forte — a voz dele, grave e pegajosa, diluiu-se num sussurro.
Rosa escutou o riso daquele homem e as batidas duma máquina de escrever. Luciano fazia-se sedutor. Disse:
— Muito movimento na loja?
— Não. Muito movimento na delegacia?
— Nada que me impeça de ver você depois das oito.
Ela se arrependeu de ter sugerido com tanta rapidez:
— Antes das nove?
— Verifique se o Gilberto não está olhando as suas pernas.
— Seria mais fácil ele olhar as suas.
— Um beijo.
— Outro. — Desligaram juntos.
Em casa, mas sem esperança, depilou-se antes do banho. Enrolou-se na toalha, inutilmente, isso não a agasalhava. Nua diante do espelho, expulsou dos olhos os fios de cabelos castanhos, eles voltaram, expulsou-os

outra vez com o dorso da mão, insistindo num gesto de que ele gostava.

Ele também gostava de afagar-lhe os seios soltos sob a blusa de lã, comprida e larga. Pois vestiria essa blusa, convidativa e macia, para que ele a percorresse por fora e por dentro. E a meia-calça cor de carne, uma nudez sobreposta, para que ele fosse puxando a malha até o tornozelo. A minissaia justa nas ancas, as botas, um colar de madeira, o perfume irreal (quase uma suspeita) e a pintura por pouco inexistente: um toque só para atenuar a palidez da espera e da ansiedade.

Rosalina aguardou-o no portão. Sempre foi difícil não se iludir: ela recordou ou quis recordar na voz de Luciano, ao telefone, certa urgência masculina. A aragem da Penha ardia na garganta. Luciano não demorou.

Subiram de mãos dadas a calçada íngreme da Rua Frei Germano. Devagar, sem rumo, contornaram a escadaria onde o vapor de mercúrio exibia uma claridade quase líquida. Depois interromperam o passo, muito juntos, como se fosse preciso escolher com método o itinerário a seguir.

Terminara a reza na igreja velha. Rosalina olhou a ladeira quando o judeu dos móveis usados fechava a loja. Havia mais gente nos bares do que na praça. O frio atravessava a rua. Teria garoado? Nas árvores, ainda umas gotas cintilavam. Rosalina viu-as secar na fumaça dos carros. Desejou que Luciano a convidasse para um motel.

Por causa disso, ia sentindo uma vergonha, conteve-a no fundo. Aconchegou-se a Luciano e descobriu que, a não ser o motel, nada mais a inquietava: queria que acontecesse logo: temia pelo tempo que deixara passar. Quem sabe depois ele casaria (um rubor no rosto). Quem sabe desconfiasse dela com tanta sacanagem no sofá (excitou-se para que o pecado derrotasse o remorso). Com um estremecimento, lembrou fisicamente o espasmo que o aliviava para acumular-se nela, no encontro das coxas, empapando a calcinha. Um calafrio lhe indicou que ela não era nada sem ele: dependia dele para partilhar um pecado, ou um erro e, portanto, para ter a consciência desses atos.

Os cabelos de Rosalina acompanhavam o vento e, por vezes, espalhavam-se em seu rosto; mas, era esta noite ou nunca, ela moveu o braço sobre a testa e desembaraçou o olhar. Viu o último pombo da tarde usar resolutamente as asas e garantir o seu lugar num telhado. Uma mulher, toda de preto, parou um instante entre os batentes coloniais da igreja para dobrar o véu de filó. Luciano abraçou Rosa pela cintura e retomaram a caminhada imprecisa. Aonde ir? Ainda o vento decidiu por eles e empurrou-os pela calçada molhada da Avenida Nossa Senhora da Penha (tinham lavado o açougue e a água estendia no piso uma espuma grossa).

Foram ao Largo do Rosário. Acho que agora não cairia mal a pizza romana do Manelão. Com chope? Não, sem chope, ou minha mãe me mata. Sugiro um antibiótico sem gelo. Ocuparam a mesa do meio, atrás do pilar com tijolinhos de espelhos. Ele bebeu um chope, ela um suco de laranja. Ao conferir a conta, ele acendeu o cigarro num isqueiro que falhou ao primeiro estalo, ela riu, a chama apareceu. Você quer fumar? Hoje não.

Desceram a Rua João Ribeiro, um cocker spaniel negro assustou-os quando passaram por um sobrado de gradil baixo. Entraram na Rua Santo Afonso para rever a Basílica. Eu gostaria de me casar numa igreja como essa. Ele respondeu que a Rua Santo Afonso era o Jardim América da Penha. Um dia teremos uma residência nesta esquina (essas promessas de homem). Teremos? Mas você fala como se não acreditasse nisso. Ele fez a ponta do cigarro rolar na sarjeta. Vou ficar muito rico. Rosa disse que a febre começara a ceder na segunda-feira.

A brasa do cigarro, vermelha ao crepúsculo, e que ainda resistia no chão, apagou-se de vez. A noite ia resvalando pelas torres da Basílica. Longe, por trás do muro paroquial onde cresciam heras, amontoavam-se as luzes da Vila Esperança.

— Alguma coisa muito séria preocupa você, Luciano.

— Não — ele crispou os dedos e relaxou-os em seguida. — Estou um pouco cansado. Só isso.

— Quer ir para a minha casa? — Rosalina não ousou encará-lo (calculava se esconderia ou não o rosto no ombro dele). Resolveu que não e mostrou-o. — Quer conversar com a dona Zuza?

Distraidamente, Luciano deu corda ao relógio.

— Dez e vinte — ele disse. — Vamos chegar no meio da novela. Conversaremos com a dona Zuza.

Retornaram. Ficaram na sala, no sofá, deixando-se entorpecer pelo som do televisor e o ruído das agulhas de tricô. Dona Zuza ofereceu balas de café. Agradeceram, e isso significava uma recusa gentil. Luciano pousou a testa nos cabelos de Rosa-Rô. Logo após a velha se despediu e se foi, trôpega, sem desligar o televisor, só diminuindo o volume. O lampejo alvacento movia-se pelo soalho e se espalhava pela parede oposta. Luciano apontou para Jesus Cristo. Disse:

— Esse quadro...

— O Sagrado Coração de Jesus.

— Minha mãe costumava deixar secar as palmas bentas de Ramos atrás duma tela como essa.

— Que bom — admirou-se Rô.

O cabo PM, enfrentando o olhar daquele judeu, cerrou os lábios para ordenar:

— Tire a roupa.

Rosalina já não conseguia cobrir as coxas com a minissaia justa. Por um instante, mas sem nenhum propósito, também olhou Cristo.

— Toda?

— Não sei — Luciano adiantou-se no sofá e curvou o corpo, quase sem apoio, tapando fortemente a testa com

a mão rija e lançando os cabelos para trás. — Comece a tirar a roupa.
Enviesando com lentidão a cabeça, para o lado dele, Rosa-Rô percebia que alguma coisa o enervava. Tanto melhor. Talvez ele a dominasse menos. Assim ambos dividiriam a posse. Rosalina simulou um sorriso. Disse:
— Tirar toda a roupa...
— Sim — embora na voz dele não vibrasse o fervor, ou mesmo a persistência.
Iniciando-se na astúcia, uma insinuação partiu de Rosalina, Rosa, Rô. Ela balbuciou:
— Você sabe que eu não posso fazer isso sozinha.
— Não — Luciano admitiu. — Você não pode.
Ele deslizou do sofá para o tapete, onde pôs os joelhos, tirou-lhe as botas. Fez as mãos subirem pelas coxas e descerem de volta, trazendo a meia calça cor de carne. Fora da malha, apareceram as coxas, as pernas e as unhas vermelhas. Demorou os lábios sobre um joelho dela e arrastou-os até o pomo ainda defendido pela calcinha; puxou-a sob os quadris, com mãos ávidas e delicadas, jogou-a ao chão. Despiu-lhe o trapo de saia. Ela ficou só com a blusa de lã, comprida e larga; ele apertou-a contra o peito, desejava tanto sufocá-la, contudo se deteve acariciando os macios da lã, por cima, onde eles se arredondavam. Ela atirou o corpo para trás, retorcendo-se, encolheu uma perna e alongou a outra, alcançando com o pé uma figura de luz que o televisor imprimia no

tapete. A blusa ergueu-se com o movimento deles, ele tomou um seio e sugou-o. Forçou-lhe o meio das pernas e, lambendo ao redor da concha negra, sentiu dilatar-se o miolo até não poder mais. Acompanhou o rastro úmido e invadiu-a com a língua. Ela susteve o gemido enquanto o desespero se dissipava, então gozou, subitamente livre e sem culpa.

Agora nada faziam se não respirar. Um calor cercou-a sem angustiá-la. Uma fêmea e seu cheiro, ela se deslocou com os braços para o canto do sofá e deitou-se de costas, à espera, não se sujeitava mais ao pudor. Nisso veio dele um murmúrio indecifrável:

— Amanhã é quinta-feira.

— Como? — Rosalina se perturbou.

— Já quinta-feira. Eu vou embora.

Ela despertou com a vergonha que lhe acusava a nudez. Disse:

— Luciano...

— Quinta-feira. Eu preciso ir.

— Mas como...

— Boa noite, Rosa.

Faltou tempo para compreender o que acontecia (não podia ser verdade ele ter saído e batido o trinco da porta, assim, com o leve ruído que a memória já repetia). Nada havia para se exigir dele quando o motor do Opala já estrondava na Rua Frei Germano. Rosalina esticou a blusa para baixo e correu para o postigo. Esbranquiçada, desfazendo-se entre os fios dum poste, a fumaça do carro desenhava um demônio escarninho.

QUINTA-FEIRA

Estaciona o Opala na sombra duma árvore desconhecida. Puxa o breque de mão, secamente, mas demora a desligar o motor. Olhando uns pardais que ciscam na calçada, lembra, são três horas. Poderia acender um cigarro se tivesse planejado fumar. A sombra da árvore o encobre e o esfria. Tanto premeditou a realidade que agora ela acontece sem que ele se anime a intervir.

No entanto, a tarde se isola pelo Jardim Paulistano, com brilho de alumínio sob as sacadas. Ele desliga o motor sem dar por isso. Um pássaro de cabeça listada (um tico-tico) persegue obstinadamente um inseto, pega-o no ar cúmplice, morno, e desaparece com ele sobre os cacos de vidro dum pilar.

Retira a chave e sai com um embrulho de jornal debaixo do braço. Não sabe o nome daquela rua. Na paralela, à esquerda, fica a Desembargador Mamede, isso interessa. Caminha automaticamente. Veste-se de modo a que Frederico tenha dele uma lembrança dirigida: um macacão de mecânico, um boné da Pepsi, uns velhos e gastos óculos de lentes azuis, arranhadas.

São três horas e seis minutos na esquina. No bairro, o ligeiro rumor que se pressente vem de dentro das residências, contendo-se atrás dos muros de pedra, espessos, com trepadeiras, com altos portões de cedro envernizado. Não estou com medo, e a memória involuntária o provoca, irônica, *eu teria medo se tivesse planejado a covardia*, só podia ser uma novela de rádio.

Rigidamente, atravessa a curva do asfalto, já na Rua Desembargador Mamede. Não se considera um executor, e sim um componente na engrenagem, o cavalo negro num tabuleiro de xadrez, movendo-se por cima de obstáculos brancos — por dois milhões de cruzeiros. Encontra-se agora diante dum palacete vazio. Com o pacote no peito, fingindo embaraço, ele impulsiona o portão de ferro e larga-o escancarado. Quem o visse de longe, indeciso, logo o tomaria por um serviçal qualquer. Ele continua andando pela calçada, mais devagar, seguindo os números das casas. Chega ao sobrado de Lauro Carlos de Alencar Pereira e, tendo os óculos escorregado, recoloca-os desajeitadamente. Calmo, toca os dedos na aba do boné da Pepsi para espiar, sem risco, vãos de janelas e portas, além das árvores.

Vê o Dodge Dart com capota de vinil preto deixar a garagem. O carro se aproxima da guia rebaixada. Percebe Luciano que Frederico o examina com desagrado.

— Não temos nenhuma vaga — ele adverte.

Estando a porta do lado direito destravada, Luciano abre-a, entra no Dodge, senta-se no banco do carona.

— Oi, Rico.

— Mas o que vem a ser esse atrevimento?

— Então não temos nenhuma vaga, sabujo? — a mão de Luciano prende a nuca de Frederico, os dedos se cravam no pescoço, amarfanhando o colarinho, e as unhas se enchem do sangue daquele justo. — Quieto, canalha.

— Suponho que seja um assalto — a arrogância cede o lugar ao pavor.

— Confirmo a sua suposição, Frederico. Não olhe para o meu rosto e nem para a minha roupa. Não aperte a buzina, não raspe o câmbio e não faça barulho com o acelerador.

— Pelo amor de Deus, não machuque um pobre velho. Você quer o Dodge?

— Entre em ré naquele sobrado.

— Ele está vazio e à venda. Solte o meu pescoço.

— Cale a boca e ponha o carro no fundo do abrigo.

O senso do perigo faz com que ele envelheça. Sem o quepe, que tombara sobre o painel, nada esconde na testa daquele justo o suor do medo. Apesar de tudo, com o hábito da obediência, ele manobra o carro conforme as ordens de Luciano.

— Muito bem, pústula.

O paletó de Frederico, de sarja azul com botões de metal amarelo, começa a absorver as umidades de seu instinto de conservação.

— Por favor. Eu não suporto ver sangue.

— Principalmente o seu.

— Amigo, de que lhe serve quebrar o pescoço dum pobre velho? E por que escolheu uma casa vazia? A família ainda não voltou da Europa. Por que você não assalta a casa do meu patrão?

— Saia daí e leve o chaveiro, escroto.

— Eu não posso compreender o que você pretende com tudo isto — Frederico tenta restaurar a dignidade aparente, desamassando o colarinho e pondo o quepe.

— Eu não tenho dinheiro. Meu patrão instalou um cofre no escritório e marcou o segredo na capa duma agenda. Você não aprecia garota de dezesseis anos? A filha da arrumadeira dorme na casa.

— Abra o porta-malas.

O tremor dificulta essa operação. Luciano enfia as unhas sujas de graxa no bolso e roça a coronha do revólver. Frederico teima com as chaves: nenhuma parece servir. Luciano pressiona para baixo a cabeça do motorista. Diz:

— Verme.

— Eu não consigo abrir.

— Vamos. Talvez seja a última coisa que você faça na vida.

Paralisado pelo revólver que começa a surgir pelo bolso do macacão, Frederico, alto e enrugado, ameaça desabar no capô e já não se esforça para conter a saliva encorpada e azeda.

— Não me mate — ele baba de olhos cerrados. — Isto

não quer funcionar.

 Calculadamente, e apenas por ter algum tempo de sobra, Luciano sugere:

 — Quem sabe seja mais fácil o cofre do patrão — isso adia o desmaio de Frederico.

 — Não me mate — latejam as têmporas grisalhas daquele justo. — Vamos para o escritório. Hoje de manhã o patrão colocou muito dinheiro no cofre. A filha da arrumadeira completou dezesseis anos em fevereiro. A mulher do patrão tem joias. Há um Mercedes na garagem. Meu patrão coleciona armas e selos.

 O homem do macacão exibe o revólver.

 — Se eu não tivesse mais o que fazer, Frederico, bem que eu te matava.

 — Pronto — com um estalido a trava do capô se solta.

 — Graças a Deus. Eu consegui abrir o capô. Deus não abandonou este pobre velho. Venha assaltar a casa do meu patrão. Como Deus é bom. A madame viajou e eu mostro onde as joias estão guardadas. A filha da arrumadeira chama-se Jerusa.

 Luciano, com um tapa do dorso da mão, derruba o motorista num canteiro de samambaias.

 — Não. Não me bata.

 — Você merece morrer, Frederico.

 — Não mereço — ele se ajoelha, apanha o quepe sob a roda do Dodge, segura-o contra o peito, olha-o com fixidez e fatalidade. — Não roube o Dodge. Este carro não vale nada. Por favor. Venha ver o Mercedes. Não me bata.

Luciano diz:

— Gente como você sustenta a vagabundagem dos ricos.

— O meu patrão trabalha muito. O cofre...

— Idiota. Dinheiro de rico trabalha sozinho.

— Assalte a casa dele. Assalte.

— Existem esses parasitas só porque você e os da sua laia existem, trabalhando para eles, passando vaselina, tornando possível a vida deles. Gente como você, Frederico, limpa a casa, rega o jardim, lava o carro e a roupa, prepara e serve o rango deles, e se contenta com os ossos.

Como um atropelado, os cotovelos no chão e o susto nas rugas, Frederico arrasta as pernas pelas lajotas e se queixa duma dor nos ombros. O homem do macacão diz:

— Esses doutores que você bajula...

— Eu não bajulo — sofre. — Eu tenho estabilidade e respeito todas as opiniões.

— Presentemente você respeita o meu revólver.

— Eu não quis ofender.

— Acompanhe a minha lógica, Frederico.

— Sim?

— Suprima o capacho, e o rico não terá onde pisar.

— Eu também sou um explorado.

— Você é um homem ajoelhado.

Agudo e rouco, Frederico empenha-se em gemer

para gradualmente sufocar-se na abjeção.

— Não me mate.

— Você tem estabilidade.

— Se você visse a Jerusa...

Uma pancada com a coronha do Taurus, na base do crânio, e o sangue se desvia para a camisa, para o cordão da medalha, para a gola do paletó. Luciano levanta Frederico por baixo dos braços e lança-o no porta-malas. Deixa o capô aberto.

— Duas horas de inconsciência e pelo menos três de idiotia — diz.

Apanhando o quepe (compreende que o asco não lhe permitirá usá-lo), verifica os arredores. O Dodge Dart impede que da rua se enxergue o fundo do abrigo: um teto de telha romana com pilares de tijolo à vista, entre canteiros e vasos de folhagem. Ao lado, uma pérgula; depois, o muro de pedra com um renque de bromélias; e no topo, os pontaços de ferro.

Um menino percorre o asfalto, de bicicleta, indo e voltando, às vezes acionando a pedaleira à ré, pondo a catraca a zunir e a girar ao contrário. Luciano livra-se do macacão, e tirando os óculos, joga-os sobre o painel, entra no carro. Está com calças jeans, uma camiseta, sandálias de couro cru. Abandona o quepe no banco traseiro. O menino faz tilintar a campainha da bicicleta.

Dentro do carro, desarrumando o pacote, Luciano endireita um casaco de camurça marrom e veste-o.

Experimenta umas luvas de napa, afetadamente. Enrola o macacão, dobra-o, e com muito cuidado embrulha-o na folha de jornal. Retorna ao porta-malas, guarda o pacote e tranca o capô. Vem dirigindo o Dodge. É macio o volante do Dodge. Põe no bolso do casaco, no forro, os óculos de lentes azuis. Não esquece o boné da Pepsi. Na esquina, sorrindo, atira-o pela janela.

MARCELO

Agora na Rua Peixoto Gomide.

Marcelo se desgarra da turma e fica para trás, com o ombro colado às grades do Parque Siqueira Campos. Pisa o cadarço desatado do tênis: nem pensa em amarrá-lo porque alguma coisa absorve a sua atenção entre as árvores do jardim. No carro, Luciano chama-o com voz firme:

— Oi, garoto.

Marcelo reconhece o Dodge.

— O Rico não veio? — atravessa a rua e se aproxima distraidamente, arrastando o cadarço do tênis e a manga do abrigo, sem se importar com a troca do motorista.

— Não veio — Luciano sai do carro para receber do menino a bolsa e a lancheira.

— O que aconteceu?

— Nada.

Outros garotos passam por perto, esbarrando-se, medindo-se a cotoveladas, escutam até perder o interesse e logo debandam. Ciao. Ciao. Luciano, distribuindo sobre o painel do Dodge aquela tralha escolar, volta-se para Marcelo.

— Marcelo Carlos de Alencar Pereira? Eu sou o chefe da segurança do doutor Lauro. Meu nome é Raimundo.

— Muito prazer.
— Faça o favor de embarcar depressa, Marcelo. Temos pouco tempo.
Estão parados um defronte do outro. O menino indaga:
— Por que você não usa o quepe?
— O Frederico transpira na raiz dos cabelos.
Isso faz com que Marcelo considere Luciano com simpatia.
— Meu pai sempre exige que o motorista use o quepe e não fume dentro do carro. Você fuma?
— Só depois do café.
— Eu sofro de asma — o garoto não obedece de pronto. A solidez de Luciano, que o militar impõe atleticamente, o impressiona. — Você cresceu bastante, Raimundo, mais do que o professor de inglês.
— Você também vai indo. Mas falta um laço nesse cordão.
Com naturalidade, Marcelo ergue o pé para que Luciano lhe amarre o tênis. Luciano abaixa-se e amarra-o.
— Agora vamos — aponta vagamente o arvoredo além das grades. — Nada de passeio hoje.
— Como você sabe que depois das aulas eu gosto de passear pelo Parque?
— Sou o chefe da segurança de seu pai.
— Hoje eu não ia — o menino entra, acomoda-se no

banco da frente e, pensativo, vê Luciano travar a porta com a mão enluvada.

— Muito bem — ele empurra a alavanca do freio e engata a segunda marcha pelo declive da Peixoto Gomide.

Marcelo diz:

— Acho que já encontrei você em algum lugar.

— Sou eficiente. Seu tênis ficou bem amarrado.

— E o Rico?

— Não me lembre o cheiro de suor desse quepe. Houve um problema com o doutor Lauro, nada grave, eu explico no caminho.

Sério, com as mãos no assento do banco e forçando com as costas o respaldo, o garoto quer parecer mais alto.

— Meu pai nunca falou de você, Raimundo.

— Isso faz parte de nosso contrato.

— Você nunca esteve lá em casa.

— Não foi preciso — Luciano adverte num tom seco.

— E não vamos para casa agora.

— Não?

— Um grupo de metalúrgicos de São Bernardo atacou o seu pai no galpão cinco. Conseguimos intervir a tempo e evitar o pior.

A surpresa congestiona o rosto do menino.

— Um ataque de nossos operários?

— Também.

— Eu não acredito nisso — Marcelo se dedica a não comprometer a pose de adulto.

Luciano não se altera.

— Por que você não acredita?

— Eu conheço quase todos eles.

— Sim. Conhece das festas de Natal e fim de ano, quando todos bebem e *confraternizam*, ricos e pobres, com votos de permanecerem ricos e pobres durante o Ano-Novo.

Marcelo empalidece e não diminui a veemência:

— Nossos operários não.

Luciano sugere:

— Penso que não seja um assunto para o Dante Alighieri, mas você sabe o que significa terrorismo.

— Sei. E aprendi no Dante.

— Tanto melhor. Então você não pode desconhecer que os terroristas conseguem infiltrar-se até no Dante.

— Eu sei. Eu sei — o garoto se contrai e, com os pés no banco, prende o queixo entre os joelhos.

— Eu queria ir para casa.

— Não agora. — Luciano argumenta: — Desde as duas horas da tarde uma equipe da Polícia Técnica vem tentando localizar uma bomba-relógio que os subversivos armaram em algum canto de sua casa.

— Uma bomba-relógio — a notícia o amedronta, mas só depois de fasciná-lo. — Para explodir a que horas?

— Faltam duas horas.

Abatido, Marcelo comprime os dentes e procura não chorar. Luciano dirige o Dodge com precisão e indiferença. Diz:

— O doutor Lauro escapou quase que sem ferimento. Ele demonstrou grande coragem.

— Você nunca se refere a meu pai como seu patrão.

— Eu também não gosto daqueles botões amarelos do uniforme de Frederico.

— Quero ver meu pai.

— Não insista — não só a voz, o olhar de Luciano torna-se grave e cortante. — Devo proteger você. A ordem do doutor Lauro nesse sentido não comporta nenhum desvio. Colabore comigo, rapaz.

O Dodge roda suavemente pelo asfalto do Jardim Paulistano. O menino ajoelha-se em cima do banco e olha para Luciano.

— Mas este é o caminho de casa.

— Entretanto, Marcelo, não vamos para casa.

— Nem passar por perto?

— Nem isso — dispõe as palavras intencionalmente.

— Está muito confuso por lá. Os policiais isolaram o palacete e os prédios da vizinhança. Ainda bem que dona Iara viajou para o Rio.

Estacionando o Dodge atrás do Opala, Luciano sonda os efeitos de sua observação sobre a dona Iara. Se alguma desconfiança existisse, já estaria eliminada.

— Não viajou?

— Sim. Como sempre — Marcelo mostra um desamparo irritado. — Ela não se preocupa com as nossas fábricas. Nem comigo. Não fica nenhum fim de semana em casa.

— Você não costuma ir ao Rio?

Sem responder, o menino sucumbe ao redor de si mesmo, uma bomba-relógio, mais do que nunca prisioneiro de sua infância, aturdido pela tentativa frustrada de superá-la. Luciano o conforta:

— Você é um homem de oito anos.

De novo adulto, e submetendo aquele desconhecido Raimundo a uma inspeção severa, corrige-o:

— Quase nove.

— Quieto — Luciano circunvaga o olhar pela rua imóvel.

— Que foi?

— Preste atenção às minhas ordens. São ordens, entende?

— Estou ouvindo.

— Vamos mudar de automóvel. Vamos ocupar esse Opala que está aí na frente.

— Certo — emociona-se o garoto. — De quem é o carro?

— Da equipe. Junte as suas coisas.

— Pronto — fora do Dodge uma aventura o espera e ele, trêmulo, destrava a porta.

Saem para a tarde que começa a esfriar. Marcelo,

embora compenetrado, não perde nenhum movimento de Luciano. Este abre o Opala. Na outra calçada surgem uns jovens de jeans desfiados, gastos, sujos e caros. Eles atravessam um portão, aos gritos, rodeando uma Yamaha.

— Vá para o banco traseiro — diz Luciano. — Não fale com ninguém.

Marcelo entra no Opala. Diz:

— Eu não conheço essa turma.

— Há por aí um cobertor de campanha e um cantil com água fresca. Não se esconda. Também não se exponha. Faça tudo naturalmente.

— Sim — Marcelo pensa: "Como num filme".

Como num filme, o Opala se desloca no asfalto, sob a copa das árvores e os fios das sinaleiras.

RAIMUNDO

Agora o arvoredo da Estrada Velha do Rio e as curvas do crepúsculo. Na velocidade, elas atraem a luz dos faróis como beira de precipício. O Opala penetra pela noite adentro e pelo sono de Marcelo, enquanto lá fora, através do vidro, estilhaçam-se letreiros de postos de gasolina, restaurantes e motéis. Ele dorme com o cobertor de campanha entre os braços (sonha com um filme de guerra). Com esforço, quase acorda, pensando em experimentar a água do cantil, mas pode derramá-la no cobertor, então afunda no sono (o filme escurece).

Luciano, pelo retrovisor, essas voltas vão só cansar o garoto: seria bom se ele ficasse arrasado. Um farol pinta no espelho, expande-se, a luz alta inunda o campo da visão e o ultrapassa à esquerda, desaparecendo para que em seguida a noite retome os seus lugares. Ao volante, com exata serenidade, Luciano estuda como comportar-se diante de Marcelo. Devo ir maneirando? Enganando? Ou o melhor seria abrir logo o jogo: escute aqui, pivete, sou um sequestrador, fique sabendo: um bandido, está ouvindo? Não me encha o saco: quero o dinheiro de seu pai: se ele espernear, tentando reduzir a alíquota, eu engrosso e você paga com um pedaço do corpo: uma orelha para início de conversa, um dedo, o nariz, um olho, um braço. Colabore, boy.

Marcelo, usando o cobertor de campanha como travesseiro, dorme com a boca aberta. O PM detém o sorriso. Bom, eu mesmo disse ao garoto, faça tudo naturalmente.

A imobilidade o desperta (não de chofre). Alguma coisa corria (ainda), quando tudo se aquietava. Um cheiro de borracha aquecida se insinua pelas portas travadas (uma graxa de oficina mecânica). Ele está sozinho no Opala: não tem tempo de se assustar: espia pela janela e revê Luciano, que se aproxima com um agasalho de pano xadrez em torno do pescoço. Despreocupado, Marcelo desarrolha o cantil.

— Que horas são, Raimundo?

— Parece muito tarde — responde Luciano — mas são seis e meia.

— Anoiteceu depressa. Eu dormi.

— Eu saí do carro. Você nem percebeu.

— Onde estamos?

— Estamos despistando. Isso aí fora é um motel. Aquela estrada de terra leva a Mogi das Cruzes. Marcelo vira-se para encostar o cantil no fundo do banco. Diz:

— Então você andou gastando gasolina à toa. As luzes ali na frente são da Via Dutra.

Luciano encara-o:

— Tive alguns motivos para gastar gasolina.

— Um deles é que meu pai paga.

— Você já esteve neste lugar?
— Eu viajei muito pela Dutra.
— No meio desse bosque de pinheiros — insiste o PM — há um restaurante que se chama O Carreteiro. Você já parou por aqui?

Marcelo atira o cobertor por cima do cantil e nem nota o interrogatório.

— Eu não. O que você traz aí no pescoço?

Atento, como que interpretando os ruídos da noite, que estão no ar, na estrada e nos charcos da última chuva, Luciano demora a se descontrair. Diz:

— Eu trouxe o seu disfarce.

O interesse do menino se aguça.

— O meu disfarce?

— Vista. Vamos ver como fica. Uma blusa de flanela bem ordinária.

Inteiramente sem sono, Marcelo enverga o agasalho.

— Está sobrando pano em cima e embaixo. Onde você achou isto?

— Comprei dum ambulante. Além de proteger contra a friagem desse mato, camufla. A intenção é fazer você passar por um menino qualquer da periferia.

Embora tentando com divertido empenho, o garoto complica-se com os botões da blusa. Diz:

— Ninguém quer liquidar os meninos da periferia.

Luciano ajuda-o a enfiar os botões nas casas certas. Diz:

— Eles já estão liquidados.

Com o queixo na gola, Marcelo sorri.

— Até que não pegou mal.

— Arregace as mangas — recomenda Luciano. — Deixe amassar bastante.

Marcelo fita-o com um propósito oculto.

— Gostei do xadrez — admite. — Você tem um irmão da minha idade, Raimundo?

— Não.

O garoto muda de assunto com facilidade.

— Estou com fome e com vontade de ir ao banheiro.

— Vamos ao restaurante — Luciano fecha o Opala à saída do menino. — Também estou com fome.

Marcelo ergue a gola do agasalho.

— Você não demonstra ser muito velho. Você pode ter ainda uns dois ou três filhos.

Luciano mexe nos cabelos de Marcelo.

— Prefiro um bife sangrando na chapa, bem magro, com um pão de casca estalando e uns pimentões vermelhos, inteiros, curtidos num molho de cebola roxa.

— Você nunca tira as luvas?

— Eu não gosto de alho — esclarece Luciano diante da porta envidraçada de O Carreteiro.

Marcelo toma a dianteira. Diz:

— Vento danado.

Luciano examina pelo arco as salas daquele velho barracão recuperado. Fecha a porta.

— Vou telefonar — diz.
— Para quem?
— Para o controlador da equipe. Preciso comunicar a nossa posição.

— Raimundo, não se esqueça de perguntar se acharam e desativaram a bomba — o vento entreabre um dos janelões e o garoto bate os sapatos no piso de lajota escurecida.

— Não esqueço — Luciano se diverte a contragosto.
— Não damos um passo sem avisar onde estamos.
— Claro — o frio faz Marcelo gritar. — Sempre pode acontecer um ataque de índios. Ou duma gangue de blusão de couro preto, ruminando chiclete e girando na mão uma corrente de bicicleta.
— Rapaz — preocupa-se o PM. — O doutor permite que você veja TV depois das dez?

Estimulando-se, caminhando para o balcão onde, no vidro, a sua imagem se dilata até encobrir a de Luciano, o garoto gesticula.

— De luvas e sandálias, você não tem o jeito de quem trabalha para o meu pai.
— São inúmeros os momentos em que o uniforme faz falta — Luciano comprime a vista para examinar o vidro com mais cuidado. — Não se inventou à toa o jaleco, ou a farda, a toga, a batina, um distintivo qualquer. Você exige que eu ponha o quepe de Frederico?
— E o suor?

— Deve ter secado. E as caspas?

— Que nojo — o menino se volta com vivacidade e, condescendente, dispensa Raimundo dos estigmas da serventia. — Bem que meu pai poderia estar aqui. Tenho muita fome e uma vontade de jogar xadrez. Se eu soubesse, teria trazido o meu canivete de mola. Agora vou ao banheiro.

Sabendo que, naquele começo de noite, os casais jantando no reservado (sem trocar palavra e de cabeça baixa) temiam ser reconhecidos (ou que se reconhecesse neles a tarde recente e que supunham inacabada), Luciano mais uma vez se certifica de que os frequentadores não oferecem perigo. Diz:

— Cuidado com estranhos.

— Eu tenho sorte com estranhos. Até bem pouco tempo eu nem conhecia você.

Luciano aperta os dentes. Diz:

— Não converse com ninguém. Lave as mãos na primeira pia perto do espelho. Acho que ainda há por ali uma toalha de pano muito suja. Não se enxugue a não ser em toalhas de papel, ou num lenço.

— Eu sei. Eu sei.

— Você tem um lenço?

— Tenho.

— Não demore.

— Por que você não vem comigo?

— Eu preciso dum telefone — explica Luciano com

distraída paciência. — Agora ande.

— Só falta você me dizer onde fica o banheiro, Raimundo.

— Indo pelo corredor, à direita, oriente-se pelo olfato — ele aponta com o indicador enluvado. — Enquanto isso, eu telefono do balcão. Depois vamos calçar o estômago com um lanche legal.

— Na conta de meu pai.

— Falou — Luciano deixa Raimundo rir.

DIÁRIO, 1976

Junho, 22. O rato supera o dinheiro e o cigarro. Pude observar que o valioso mamífero, ou a sorrateira moeda, permite que se compre a maconha do produtor, diretamente, sem a intermediação que sempre desnatura o fumo. Além disso, o rato é a única moeda cujo valor não oscila, pois o seu destino é o desaparecimento. Numa transação, o seu emprego, o gasto, coincide com o gasto da própria moeda. Nenhum monetarista previu esse tipo de circulação fulminante.

Na Ilha dos Sinos, a nova moeda manterá o valor de troca até o seu extermínio. Aqui a autoridade não emite ratos: recolhe-os e paga in cash o seu valor. O rato vale uma fração da liberdade. Logo, a liberdade são trinta ratos desbotados.

Junho 23. Entretanto, há os ilhados para quem a liberdade com prazo e espaço de fruição, rugindo o oceano ao redor, não interessa. Eles preferem bens diversos: sapatos, roupas, mantas, gorros, serviços, bifes e outros confortos corporais. Não só caçam, escondem as ratazanas prenhes, e com a ansiedade dos avarentos, acariciando por fora a barrigada áspera e pesada, calculam os juros embutidos.

o motim na ilha dos sinos

capítulo 14

PRIMEIRO TELEFONEMA

Vê o garoto distanciar-se, e enquanto ele desaparece aos poucos, logo tragado pela obscuridade azulejada do corredor, uma sensação de perda, um frio espinhal, o ataca a partir da nuca. Sem o garoto, ele está sozinho no restaurante (descobre essa verdade de repente), a barba se arrepia e ele mais se isola com a certeza de que o movimento ao redor o rejeita: o trânsito das pessoas, e isso significa o trânsito dos receios, dos sigilos, das intrigas, das garrafas, dos bifes, numa palavra: a vida acontece fora dele, muito perto, esbarrando nele, e no entanto, fora do seu alcance.

Longe de Luciano, a existência de Marcelo já se torna remota. O menino ainda não voltou, dissolveu-se no ar viciado. Posso desistir. O que há comigo? Isto, outra vez o medo, como se eu estivesse no fundo dum rio de pesadelo cuja água não molhasse, mas afogasse. Eu não vou abandonar tudo agora. Não importa a saliva amarga. Não interessa se o garoto morrer. Na memória, antes de sumir pelo corredor, Marcelo quase arrasta ao longo dos ladrilhos a aba da blusa xadrez.

O telefone, depressa, o telefone em cima do balcão e no canto da coluna, putz, quanta idiotice, estou louco, o que seria isto? Por que tanta desculpa para a covardia? Não planejei desistir no meio do caminho, porra. Uma passada larga e ele pega o telefone, disca um número e percebe no outro lado a respiração entrecortada de Lauro Carlos.

— Pronto. Alô.

— Fique bem calmo, doutor. Vou falar apenas o suficiente.

— Sim. Meu filho está com você?

— Ele está comigo, e está bem.

— Eu queria que você soubesse que Marcelo é meu único filho: não tem boa saúde: sofre de asma.

— Estou sabendo.

— Em hipótese alguma — ele grita — nada deve acontecer a meu filho.

— Concordo. Foi bom que o senhor tivesse tomado a iniciativa de lembrar esses pormenores. Agora não me interrompa.

O sopro da respiração cessa duma vez.

— Estou aguardando.

Luciano encosta mais a boca no fone.

— Fixamos o teto em dois milhões de cruzeiros para o resgate.

— Quanto?

— Dois milhões somente. O sequestro foi executado

numa quinta-feira para que o senhor tivesse tempo de levantar a quantia antes de sábado.

Lauro Carlos, tossindo por causa do cigarro, procura absorver o aborrecimento.

— Muito obrigado.

— Não por isso. Nossa filosofia é de cooperação e respeito para com os escolhidos que, como ensina a Bíblia, são poucos.

O doutor preenche a pausa com um grunhido seco e ofegante.

— Dois milhões de cruzeiros.

— Apenas — completa Luciano.

— Não vai ser fácil.

— Se o senhor pretende preservar a integridade de seu filho, não avise a polícia. Gustavo Frederico Rosenbaüm morreu?

— Não. Mas está no hospital, com suspeita de fratura no crânio.

— Depende do senhor não ter suspeitas quanto ao estado de saúde do jovem Marcelo. Bom. No momento, é só.

— Escute, por favor. Eu quero saber se o menino vai passar esta noite fora.

— Eu telefono mais tarde, com instruções exatas que o senhor deve seguir, se quiser.

— Claro que eu quero. Eu faço qualquer sacrifício.

— Canalha.

— Alô. Alô.

Atrás dele, muito pequeno e atento, com os braços caídos e uma expressão arisca, Marcelo indaga:

— Então?

Luciano recoloca o fone no gancho.

— Desativaram a bomba — ele se alegra com a volta do garoto e descalça as luvas. — Estava dentro duma TV.

— Ia estragar a imagem. Você pediu reforço?

— Vou pedir agora — faz um aceno ao garçom, ao passo que, com a mão nos cabelos de Marcelo, encaminha-o para uma grande sala retangular, através do arco. — Dois bifes no prato e no ponto — ele ordena.

— Para mim uma soda sem gelo — diz Marcelo.

— E uma lata de cerveja.

— Você bebe em serviço, Raimundo?

— Só em boa companhia.

Surpreendentemente, o menino comenta:

— Não deve ser muito comum boa companhia no seu trabalho.

— Por isso eu bebo pouco — finge Luciano um tom de confidência.

Marcelo admira uma cabeça de touro e um renque de guampas na parede caiada. Há lampiões nos pilares, e avencas nas prateleiras, com o vinho e as peças de queijo. No centro do forro, de estuque branco, as pás do ventilador giram em câmara lenta. Entre os janelões ficam os aparadores com renda portuguesa, alternando com samambaias, e as bandejas e canecos de alumínio com o brasão da casa. O menino se espanta com o poster dum búfalo célebre. Desencostam as cadeiras de palha e sentam-se.

O PM muda de lugar o cinzeiro. Na mesa, num cesto de taquara, o pão italiano já está cortado em fatias. Os lustres são de roda de carroça, com a lâmpada na ponta do eixo. O garoto prova desembaraçadamente o pão. Luciano o acompanha. O som do rádio — muzak — circula pela sala, com o cheiro da carne, detendo-se nas vidraças e nos segredos. Luciano avisa:

— Nosso gado se aproxima.

Marcelo acha Raimundo muito mais divertido do que Frederico. A carne vem na gamela, fumegando sobre pratos de argila e embaçando os boiões onde o molho se concentra, apurando-se. O garçom pergunta depois de servir:

— Não querem mais nada?

Olhando para o menino, Luciano acrescenta:

— Há um arroz de forno com ervilha e palmito.

— Não. Agora não.

O garçom se retira sob o sorriso crítico de Marcelo.

— Sem os chifres — ele diz — esse sujeito não se parece com o touro da parede?

Luciano mistura no prato o molho dos dois boiões. Diz:

— Quem sabe aquilo seja um retrato de família.

— Tudo isto lembra um curral — o garoto bebe meio copo de soda antes de cortar a carne.

Conversam enquanto consomem a ceia.

— A parte que me cabe da pecuária — o PM enfeita-a com anéis de cebola.

Marcelo ergue a faca.

— Você não me contou como estava meu pai.

— Eu não perco tempo com relatório que não seja significativo — mastiga e fecha o rumo desse assunto.

Com garfo e faca, meticuloso, o menino procura livrar-se dum naco amarelado de gordura.

— Raimundo, você tem resposta para tudo.

— Ninguém já me perguntou tudo.

Um dos lampiões começa a piscar e distrai a atenção de ambos. Marcelo, com seriedade e fome, acaba por consentir:

— Até hoje ninguém foi capaz de perguntar tudo — o garfo lhe escapa da mão e se debate ruidosamente no prato.

Luciano oferece uma ajuda ao garoto:

— Você quer que eu separe a gordura desse pedaço?

— Por favor.

Usando o seu próprio talher, numa intimidade que o menino talvez estivesse reprovando, o PM termina o corte e faz a gordura despegar-se do bife. Marcelo diz:

— Parece um bicho.

— E não é?

— Ninguém pode com você, Raimundo.
— Suponho que agora você experimente o arroz de forno.
— Sim.
Luciano chama o homem da cabeça de touro.
— Uma porção de arroz. Com batata-palha.
— E para beber? — o garçom sugere com cansada solicitude.
— Outra lata de cerveja — o militar consulta a garrafa de soda, vazia, e se antecipa ao menino. — Renove a limonada de meu amigo.
— Sem gelo — lembra Marcelo.
Nem bem o garçom se distancia, Luciano fala em voz baixa, gravemente:
— Não olhe para os lados, garoto.
— O que foi? — Marcelo retorna com facilidade ao mistério e ao perigo.
Luciano se levanta. Diz:
— Espere um pouco — aproxima-se dum janelão. — Eu não me demoro.
— Eu queria saber... — vê Raimundo afastar-se.
— Não.
Sozinho, envolve-o uma corrente de ar frio.

SEGUNDO TELEFONEMA

— Alô.
— Idiota, você se comunicou com a polícia?
— Não. Não entrei em contato com ninguém. Mas não posso evitar que investiguem o assalto a Frederico.
— Exatamente, um assalto. Colabore nesse sentido, doutor, para que essa versão prevaleça: o seu motorista foi vítima dum assalto.
— Uma versão obscura, porque aparentemente o assaltante não roubou nada.
— Aparentemente. Enquanto se discute a aparência, ganhamos tempo.
— Como está meu filho?
— Muito bem. Nunca esteve melhor. Agora escute as nossas recomendações para o resgate. Se a polícia não se intrometer, e se o senhor não tentar nenhuma jogada arriscada, resolveremos isto depressa.
— Pode falar.
— Dois milhões de cruzeiros em notas de mil.
— Sim.
— Coloque o dinheiro numa dessas pastas de executivo, arrumado em maços de dez, com elástico e não papel cintado.
— Elástico e não papel cintado. Qual a razão dessa

diferença?

— Virtuosismo, doutor. O elástico facilita a contagem e o papel cintado tem a tendência de esconder as cédulas.

— Entendo.

— Amanhã, sexta-feira, às duas horas da tarde, tome o quarto número três da Hospedaria Roda Viva, na Rua do Triunfo.

— Um belo lugar.

— Há piores. O senhor por acaso conhece os barracos de seus operários?

— Não são barracos. São moradias. Conheço todas e não por acaso. Nenhuma se compara...

— Acredito. Se isto terminar como eu pretendo, sem sangue, talvez eu lhe peça um emprego.

— Então, o quarto número três da Hospedaria Roda Viva, na Rua do Triunfo.

— Perfeito. No momento em que o senhor ouvir uma batida na porta, largue a pasta em cima da cama, saia, feche a porta à chave.

— Sim. Devo deixar o dinheiro num quarto trancado. Você pertence a alguma organização subversiva?

— Absolutamente, patrão. Nada de engajamento político. Procure enxergar no episódio um aspecto da livre iniciativa. Nosso grupo luta pela sobrevivência em termos de mercado. Somos concorrentes leais.

— E o menino? Quando terei o menino de volta?

— Calma. Um dos nossos apanhará a pasta naquele modelar estabelecimento hoteleiro e fará a primeira verificação dos lucros. Na hipótese de estar tudo em ordem, serei informado. Daí eu mesmo, com prazer, providenciarei a viagem de retorno do jovem Marcelo. Ele será encontrado pelos familiares aqui em São Paulo, no ponto final duma linha de ônibus. Eu me encarregarei de transmitir ao pai desesperado, nesse telefone, os detalhes da operação.

— Sim. Um pai desesperado.

— Eu compreendo. Enfim, dois milhões de cruzeiros.

— Você não compreende nada. Meu filho...

— Chega por hoje, patrão.

— Por favor. Alô. Alô...

ALGUMA COISA

Alguma coisa se modificou enquanto ele telefonava. A cara do garoto define agora uma expressão severa, e o pior, mantida com naturalidade. O que teria acontecido? O que teria ele percebido? Nada, possivelmente. Esse menino troca de humor como o pai troca de Mercedes. Luciano se acerca da mesa sem diminuir o passo. Logo registra na sala a ausência dum dos casais. O frio da noite parece comprimir as vidraças, forçando súbitas passagens para o ar aquecido.

Que rosto feroz. Luciano tenta não rir. Ajeita a cadeira e acomoda-se jovialmente. Marcelo mal tocou no arroz de forno, referência turística da casa; mas o forte da empresa ainda são os compartimentos com espelho no teto, luz vermelha no abajur e ducha no box estreito.

Luciano abre a lata de cerveja.

— Com licença.

— Tem toda.

A espuma escorre até a base do copo, e se alarga, manchando a mesa.

— Uma injustiça — diz o militar.

— Só uma?

— Você não apreciou o nosso arroz de forno.

— Não gosto de ser tratado como criança inocente

— Marcelo não disfarça o desagrado. — Você conversou com o meu pai?
— Não.
— Estou com vontade de sair daqui e ir embora.
— Antes de pagar a conta?
— Isso você paga.
— Muito bem. Eu pago, guardo a nota, o doutor Lauro me reembolsa.
— Eu não quero ouvir mais nada — grita. O PM se cala para valorizar a pausa.
— Marcelo — ele diz. — Procure agir como um aluno do Dante e não como um enjeitado de Sapopemba. Afinal, você está só camuflado.

Vermelho de vergonha, ele não grita.
— Estou com sono e quero ir para casa — diz.
— Bom — Luciano serve-se moderadamente de arroz e batatas. — Eu posso providenciar já uma substituição. Outro agente da segurança de seu pai ocupará o meu lugar. Isso resolve o problema?
— Não — ele se alarma. — Eu queria que tudo isto acabasse depressa.

Observa o PM que a resistência do menino atinge a fronteira da queda e do choro.
— Rapaz — ele pega distraidamente com a ponta dos dedos uma batata. — Eu também queria que muita barra pesada fosse mais leve. Admito que nesse ponto você tem razão. Porém, enquanto as dificuldades não

terminam, eu não sou de ferro, vou comer metade desse arroz e beber a minha cerveja. Você se junta a mim nessa empreitada?

— Não.

Luciano endurece o olhar. Marcelo não se intimida e não desculpa Raimundo por ter pego uma batata fina e seca com a ponta dos dedos. O vento faz uma das janelas se debater. Para que existe o garfo?

— Estou cansado — para Marcelo esse argumento encerra a discussão.

Mas a voz de Luciano denuncia que a camaradagem que se formou entre eles arrisca-se a desaparecer:

— A obrigação de quem está cansado é descansar e não cansar os outros.

Marcelo, desviando o rosto para meditar no que ouviu, escuta o barulho da vidraça. Não chega a ser um crime pegar uma batata com a mão. Como se nada tivesse ocorrido, o garoto se endireita na cadeira e toma um gole de soda. Em seguida, recolocando o copo na mesa, suspira forte para arejar a impaciência.

— Raimundo.

— Sim.

— Você me serve o arroz, por favor?

O PRIMEIRO A IR VENDO A PAISAGEM

O menino ocupa o banco da frente.
— Eu quero ser o primeiro a ir vendo a paisagem.
Sem dizer nada, o cabo fecha a porta do Opala e a pequena lâmpada se apaga. O relógio do painel marca oito horas. Luciano se irrita contra si mesmo. Acelera para o motor esquentar. Agora a velocidade lhe faz companhia. O automóvel percorre o trevo e, a caminho da Zona Norte, entra na Via Dutra. Não interessa se o garoto morrer. O vento agita com violência os cabelos de Luciano. Ele não suspende o vidro. À esquerda, a massa escura do Tietê, deslocando-se a noroeste, reflete a luz dos postes esguios da Marginal.

Marcelo fala sozinho, ajoelha-se no assento do banco, dobra o corpo no encosto, esforça-se para alcançar o cobertor de campanha, lá atrás. Puxa-o com cuidado para não derrubar o cantil. Respirando fundo, pisa nas dobras do cobertor, cai sentado, enrola-se no pano como um índio. Luciano aperta os lábios.

A fosforescência da noite, na rota dos viadutos sobre o rio, não dilui o fumo alvacento que mancha a vegetação da beira, quase encobrindo as dragas do canal. Enfim, quinta-feira. Luciano pensa em Vesgo, o sórdido Vesgo, metido em alguma hospedaria da praia. Joel My Friend viajando de ônibus para Minas. E Beiçola?

Só os olhos de fora, o primeiro a ir vendo a paisagem, Marcelo joga xadrez de memória, mas não passa de cinco lances.

DOCE QUINTA-FEIRA

Nu, e com cheiros, Joel My Friend estira-se na cama da mulher Inês. A luz da rua chega fracamente ao vitrô, e sobre um baú reina uma almofada de fronha com bordados. Logo que a mulher sai do quarto, no medroso roupão, batendo a porta e fechando-a à chave, para jogar no jardim a água da vasilha, Joel My Friend se ergue e vasculha as gavetas da cômoda, o gesto certeiro e a intuição precisa. Inês guarda na gaveta do meio um Colt-32 e duas caixas de bala CBC. Só para saber: um Colt-32 embaixo das toalhas, à esquerda e ao fundo.

Retorna Joel ao conforto ainda morno da coberta, e se cobre, sem sobressalto, não vou fugir para Minas. Um estalido na fechadura e o pau se avoluma entre os lençóis. Aqui era o banheiro da casa, ele investiga enquanto a mulher Inês se desfaz do roupão e se deita de flanco, o cotovelo no travesseiro e a mão no rosto, no gesto de conter os cabelos. Pelas paredes do cortiço mina a fatalidade da TV. Um ganido. Criança ou cão? Inevitavelmente, Inês empurra a coberta para os joelhos do rapaz. Uma gritaria no alpendre, eles ouviram. Teria sido um tiro na esquina? Ou no Galpão do Orozimbo?

O antigo banheiro da casa, Joel My Friend nota os estragos: retiraram as torneiras, cimentaram o ralo, vedaram canos e manilhas, um tabique deixou deste lado o vitrô e o alçapão. De costas, com os braços na testa, por um momento o olho no bico escuro do seio e numa calosidade do tornozelo de Inês, Joel vai sentindo nos poros, passo a passo, o rastro da carícia úmida. Puseram um cadeado na tampa do alçapão, ele aprova.

Se fosse loura, seria Vera Fischer, já lhe disseram. Tem trinta anos, empina o busto a mulher Inês. Perdeu-se aos vinte no paiol dum pecuarista (gosta de números redondos). Isso foi em São José do Rio Preto, e ela veio para São Paulo como auxiliar de enfermagem, diz. Não havia lugar para o televisor senão em cima da geladeira. Que bom que você não vai para Minas.

Sem o amparo de quem quer que seja, a não ser o espiritismo, planejou uma noite morrer envenenada. Mas confundiu-se com as bulas do hospital. Tapou o tabique, do teto ao chão, com capas de revistas. Entreabrindo as coxas e forçando para trás as ancas, desistiu de desenvolver a mediunidade, diz, por medo de emagrecer.

Explode um escândalo no corredor do cortiço. Por que você não dorme aqui?

SAMUEL BORTZ

Durante a sopa de cebola, Vesgo acabou concluindo um bom arranjo com o vizinho, o Samuel da alfaiataria. Não só o Volks 68 veio de empréstimo, também uma casa em Suarão, por uns vinte dias, desde que o ocupante reformasse a instalação elétrica e fizesse uns reparos de pedreiro. A casa, abandonada no meio dum capim alto, era duma viúva com quem o alfaiate conferia as medidas, secretamente. Sozinhos na madrugada e no Bar do Aleixo, numa esquina da Brás Leme, riram com a velha intimidade, e continuaram rindo até esvaziar a garrafa dum suspeito e rosado Yago, da safra de 1970.

Samuel, era difícil vê-lo sem a fita métrica ao redor do pescoço e o lápis atrás da orelha, tinha os cabelos lisos, claros, com falhas e puxados para a nuca. Escondendo a idade, não as manchas da pele descorada, e sem emoções quanto ao orfanato de Santana de Serra Acima, onde conhecera aquele caolho, agora examinava-o pelos óculos de aro de aço. Em Suarão, Vesgo procuraria um Severiano Nunes no largo da igreja, na única hospedaria de lá. Era um caseiro, muito sem-vergonha, ele indicaria a propriedade da viúva.

De manhã, quando o cabo PM Luciano chegou com a mochila, já estavam no porta-malas do Volks os rolos de fio, os disjuntores e a bolsa das ferramentas. Vesgo pegara algum dinheiro da parede, por trás do calendário da Goodyear, o suficiente, e aplicara cimento vermelho entre os tijolos soltos. Pondo o dinheiro e a roupa na mochila, entregou um molho de chaves ao PM.

"Boa sorte, cabo."

"Eu trouxe isto", o militar ofereceu-lhe um pacote de papel pardo. "Bom proveito".

Eram vinte fininhos de maconha. Parecia muito vago o sorriso de Vesgo. Não que ele não soubesse reconhecer uma gentileza. Foi sincero:

"Palavra. Prefiro uma Walther PPK."

"Maconha embriaga menos", Luciano, consultando o relógio de pulso, tomou posse do prédio por esse modo.

SUARÃO

Era mineiro de Montes Claros, esse Severiano Nunes. Alto, pardo e de olho esquivo, reconheceu em Vesgo o eletricista de quem lhe falara Samuel Bortz. Não iria com ele até a casa, era o que faltava. Dali mesmo, da pequena praça de Suarão, onde as amendoeiras de inverno expunham a folhagem avermelhada, mostrou-lhe o caminho, era só atravessar a Pedro Taques e seguir pelo arruado de areia até o segundo portão, logo atrás do depósito murado duma loja de ferragens. Viver é ter prejuízo, ele disse e enfiou no bolso da camisa o palito do almoço. Com mão de ferro, esse Severiano Nunes cuidava da hospedaria e da patroa, com quem casara no padre. Marinalva, também de Montes Claros e tendo pelas costas o apelido de Maria Formiga, tomava conta de quinze casas entre Mongaguá e Itanhaém. Com artrose nos dedos e olheiras estáveis, era uma mulher miúda e encarquilhada, que a cada semestre parecia perder tamanho, mas não envelhecia mais do que isso.

Fora do horário não tinha almoço, era o que faltava. Porém, sendo quarta-feira, ninguém em Suarão desprezava a sopa de legumes de Marinalva, das seis às oito da noite. Vesgo deu a entender que chegaria a tempo. Ao descer os degraus, relanceou a vista pelo Atlântico e perturbou-se levemente ao distinguir, no horizonte metálico e nevoento, a Ilha dos Sinos. O mato se alastrava atrás dum portão baixo e fora do prumo. Vesgo empurrou-o, sabendo que as dobradiças iam ranger. Trouxe o Volks à ré e parou-o entre os muros onde, num deles, uma trepadeira amarelava, secava, lembrando certos arrabaldes de Santana de Serra Acima. O sol da estação, vencido pelo frio, embaraçava-se nos arbustos e não atingia o alpendre. No silêncio do ar, Vesgo abriu a casa e desembarcou a tralha. Não sentia fome. Eram quatro cômodos com telhado de duas águas. Ao anoitecer, quando os morcegos emergiam da sombra com o seu voo pendular, Vesgo instalara os disjuntores e substituíra por doze os fios dezesseis. Deixou acesa no alpendre uma lâmpada de quarenta velas. Lavou-se no jorro quente do chuveiro. Amanhã cortaria o mato e consertaria o portão.

A sopa de legumes custava trinta cruzeiros. Com os cotovelos no tampo duma escrivaninha, de óculos e molhando os dedos para virar as páginas dum caderno grosso, esse Severiano Nunes logo indicou a Vesgo a porta do corredor. Na sala, de paredes caiadas e nuas, com o cheiro da cozinha a ocupar todos os lugares, ele acomodou-se na primeira mesa, de frente para dois rapazes de jaleco vermelho. O prato já veio pronto. O pão estava na bandeja. Só ligavam a TV depois das sete, era o que faltava.

Havia um cobertor e duas mantas no guarda-roupa. Tirou o colchonete do estrado e jogou-o no chão, junto ao ângulo da parede. Sem a jaqueta, descalçou os sapatos e enrolou-se no cobertor. Ao alcance da mão, embaixo do estrado, largou aberta a bolsa das ferramentas. Apagou as luzes, menos a do alpendre. Preparando-se para vigiar o sono, usou as duas mantas como travesseiro.

Nascemos com o pecado original. Isso fazia sentido no reformatório. Era um tempo em que, fumando maconha, ele suportava a imortalidade da alma. Agora, cada fininho do cabo Luciano podia ser diminuído de um quarto sem que isso comprometesse o valor de venda, cerca de duzentos cruzeiros. A bagana que sobrava encontraria mercado de, no máximo, cinquenta. Desta vez, ele não fumaria nada. Já perdera a fé.

Pela manhã, um pouco tarde, fez a barba e saiu sem o Volks. Cruzou o asfalto da Pedro Taques com um bando de pescadores, um de bicicleta. O dia pesava em derredor, perpendicular e abafado, acolhendo a lerda neblina da rodovia. Um ônibus da Breda partiu para Itanhaém. Ficaram na outra margem as torres cor de alumínio e os cabos de alta-tensão. No bar, preferiu o pingado no copo de vidro, não na xícara. De costas para o balcão e olhando a praça da igreja, acompanhou, irresistivelmente, o calmo passeio dum homem e duma mulher. Ele, alto e com uma barba escura, tinha os cabelos em desordem, e não era do vento. As bermudas jeans (reforma de algum sovado macacão), a blusa de linho azul e a velha bolsa de couro, esfolada e a tiracolo, o homem prendia a mulher pela cintura. Sob as amendoeiras, eles caminharam até a calçada do molhe, conversando vivamente.

A mulher, pendurada ao ombro do homem, do outro lado da bolsa, divertindo-se com convicção e intimidade, espetou o nariz no ar e manteve-o assim, como argumento, e Vesgo descobriu nela, por trás dos vapores do copo de vidro, o perfil judaico e trágico. Uma blusa de malha sem manga e sem gola, ela desapareceu na escada do molhe. Antes de sumir também, aturdido na orla do Atlântico, mais do que sozinho, por um instante o homem pareceu incompleto.

Quinta-feira. Vesgo pensou em pescar.

ACIDENTE

A almofada caiu no assoalho sujo e eu gritei: "Você não é Raimundo coisa nenhuma".
Se uma pessoa insistisse me perguntando por que eu disse isso, eu não saberia responder. Nem pensando bastante nisso, sei lá, eu chegaria a me compreender. Putz. Eu só estava um pouco chateado com ele, porque o sono me derrubava e ele não me levava nunca de volta para casa. Andamos de carro para cima e para baixo até eu não poder mais. Depois, com o frio, a casa onde eu tive que ficar era uma droga incrível, entrando o vento pelas paredes e soltando umas porcarias do forro. Duvido que alguém more lá.
Quando eu disse "você não é Raimundo coisa nenhuma", eu queria dizer outra coisa, "você não é de nada", por exemplo, "você é um bola-murcha", eu só queria que ele me levasse de volta para casa. Eu precisava ver o meu pai, tomar um banho na minha banheira, usando o meu sabonete e as minhas toalhas, não aquele trapo dependurado no pegador do vitrô. Eu queria a Jerusa por perto, catando as roupas que eu ia jogando no chão. Eu estava bravo, não a ponto de bater o pé, o sono era demais. Pensava no meu pijama vermelho e no meu quarto, me dava nojo aquela cama de ferro, dobrável, que

rangia quando eu sentava, e mesmo eu estando quieto, deitado de comprido e sem respirar, ela estalava.

De tanta raiva esqueci as estações e os dias da semana em inglês. Acho que quando falei que ele não era Raimundo coisa nenhuma, de repente, ele se assustou, e olhe que ele não tem o tipo de quem se assusta fácil. Parou um pouco e riu com a boca, não com os olhos, veio dizendo que eu era esperto e largou todo o peso da mão no meu ombro.

"Garoto, você descobriu?"

Na hora, a minha preocupação era fazer força com o corpo para ficar direito, por causa daquela mão que pesava muito no meu ombro, querendo me entortar.

"Seu bolha", eu ofendi olhando firme. Não gostei do modo com que ele começou a apertar este osso do ombro, depois o meu pescoço, com o dedão na garganta e os outros dedos na nuca. Ele queria que eu sentisse medo, isso eu percebi logo, mas como eu podia me amedrontar se a lâmpada estava acesa?

Eu não gosto de pessoas que querem me fazer medo e ficam teimando, como aquele mendigo na porta da minha casa, uma vez, falando que era nortista e crente, "portanto, muito mais brasileiro", de calça molhada como se tivesse mijado nele mesmo, putz, o sujeito estava na pior, numa bebedeira de lascar, mas com uma pose de orador e me ameaçando com "os últimos dias" se eu não pagasse a ele uma viagem para Belém do Pará. Nunca encontrei ninguém mais sério do que aquele bêbado. Dei risada na cara dele. Aticei o Frederico em cima dele. "Eu não tenho medo de nada". Raimundo não se importava com isso. "Como você descobriu, Marcelo?" Fui ficando na minha. Então, ele não era Raimundo? Desandei a recapitular depressa tudo o que tinha acontecido comigo na tarde de quinta-feira, desde que ele me chamou de dentro do Dodge, na saída da escola. Quem era ele? Não era o que dizia ser, me enganou todo esse tempo, mentiu para mim sobre os nossos operários, me encheu, inventou aquele terrorismo de filme impróprio. Não demorei a entender a artimanha dele e a dar uma explicação para o fato de todas as portas e janelas estarem trancadas a cadeado: eu estava preso, e ele não era segurança de meu pai.

"Vamos. Como foi que você descobriu?"

"Tire a mão de meu pescoço."

"Converse comigo, garoto. Temos uma longa noite pela frente. Talvez isto dure até domingo."

"Já falei para tirar a mão."

"Continue me chamando de Raimundo."

"E você pode me chamar de Marcelo."

"Uma honra."

"Também não me incomoda que você me chame de garoto. Mas a sua mão está suada como o quepe de Frederico."

Só assim ele tomou distância, riu, sentou-se num

tamborete, e parecendo um professor, enrugou a testa e ficou me olhando, sem saber o que fazer comigo. Putz. Eu falo putz quantas vezes eu quiser. Como acontece com os cachorros de raça, desses que usam blusa de malha e passeiam pelas alamedas da Zona Sul, eu tinha sido roubado, eu, um boy de estimação, catado a laço de modo a dar a ideia de que estava perdido e sem faro para encontrar o caminho de volta. Não adiantava me procurar nas câmaras de gás da Prefeitura, você sabe, a carrocinha só leva mestiços com verminose e sarna.

Agora, eu sacava, o camarada que me roubou, e que eu podia continuar chamando de Raimundo, visava à recompensa em dinheiro, uma nota preta. Afinal, eu não era um enjeitado de Sapopemba. Quanto vale um menino do Dante? O ladrão só me devolveria se o meu pai me comprasse de novo.

Eu não fazia quase nada durante o dia. O televisor era branco e preto, com assombrações. Raimundo era tão bom quanto eu no jogo da forca. Ele não conhecia o jogo da velha, mas aprendeu, e sua habilidade se limitava ao empate. Batalha naval depende de sorte. De noite eu dormia mais ou menos. Ele não sabia xadrez, ficou de trazer as peças e um tabuleiro, não trouxe. Não fiz a tarefa da escola. Nem me lembrei dos companheiros da classe. No sábado eu esqueci duma hora para outra o rosto de meu pai. Eu me assustei por causa disso e me esforcei para lembrar, não conseguia porque Raimundo me vigiava mesmo não estando na casa.

Eu sei, eu tinha sido sequestrado para que meu pai pagasse o resgate, claro, outra maneira de dizer o que estou dizendo. Por que você me interrompe tanto? Raimundo queria o dinheiro, e nisso ele não se diferenciava de ninguém. Eu não estou misturando nada. Eu vejo tudo como uma coisa só, desde o momento em que percebi que estava preso, na noite de quinta, até o momento em que, no fundo do quintal, ele me pegou por baixo do braço e me colocou no alto do muro, no domingo pela manhã, e me segurou a mão para que eu descesse do outro lado, atrás duma barraca de feira.

Mas Raimundo perguntava como eu descobri.

Eu não respondia. Eu já gostava muito dele. Mesmo depois de ter adivinhado a sujeira, eu gostava dele. Não parecia um bandido. Eu só não gostava quando ele me obrigava a ficar sozinho naquela casa. Eu gostava de ficar com ele. Eu queria ser forte como ele, dobrado daquele jeito, com músculos de homem e não com esta pele fina que só encostar já machuca. De tanto admirar a altura dele, eu me sentia crescer. Eu olhava tanto para ele que os meus olhos mudavam de castanhos para verdes. Meio dormindo, eu imaginava que era a minha barba, não as unhas, que raspava o pano da almofada quando eu virava o rosto. Eu invejava a largura do ombro dele e o tamanho da mão que, fechada, podia bater como um martelo. Eu sonhei ter derrubado a parede com um soco, saindo para uma rua de lajotas, como em Ilha Bela, onde ele me esperava numa Yamaha, dando partida e acelerando. "Vamos, garoto". Montei na garupa da moto. Tínhamos a mesma estatura, o cabelão louro, e na velocidade não interessava o que íamos deixando para trás, atirando ao passado o que ele merecia: os gases do escapamento.

Se eu me arrependo de falar desse modo? Ainda não sei. Agora sou de novo um menino do Dante. Saco. Eu queria que ele aceitasse ser meu amigo. Alguma coisa me soprava no ouvido que só ele seria capaz de me ensinar esse trecho esquisito da vida onde se toma banho num chuveiro instalado quase em cima duma privada sem tampa, molhando tudo, indo a água até por baixo da porta, a gente não tendo nem onde pisar. Você já viu um rolo de papel higiênico empapado?

Imagine a roupa que eu usei de dia, camiseta e meias, isso lavado numa pia descascada, secando no vitrô enquanto se esquentava no fogão — para o jantar — a comida que sobrou do almoço. Acrescente que essa comida veio pela manhã num prato feito, fundo, e era feijão, arroz, um bife duro e um ovo mole. Isso existe? Você já tomou de noite um café coado para o almoço? Talvez você desconheça que pizza de bar na Casa Verde Baixa tem que ser engolida depressa, antes que a massa amoleça e fique com gosto de papelão.

Mas perto de Raimundo eu me tornava rapidamente um homem. De quinta a domingo eu fui crescendo.

Andava descalço no chão úmido e não tossia. Estufando o peito, só de calça e camiseta, arrepiado de frio, eu respirava à vontade. Adeus, asma. Eu oferecia a moléstia de presente às minhas tias que, com tanta frescura, substituíam a minha mãe e precisavam da asma para esfregar em mim a peitaria gorda. Meu soco, na esquerda e na direita, experimentado contra a almofada na parede, ia doendo cada vez menos.

Era difícil ganhar dele uma discussão. Sem esforço, ele me suspendeu para o alto do muro e eu tive raiva por ser leve. Olhamos um a cara do outro. Ele não chegou a notar que os meus olhos estavam verdes.

Ele conversava bastante comigo, às vezes tudo bem, às vezes pensando que me amedrontava. Não queria que eu fugisse dali. Isso de fugir, sabe o que aconteceu comigo? Na quinta eu queria fugir, mas no domingo eu não queria ir embora. Resumindo tudo, quando ele não estava na casa, o tempo demorava o dia inteiro para passar.

CÁRCERE PRIVADO

Bom. Vou começar do começo. O churrasco e o arroz de forno estavam OK, mas eu não tinha escovado os dentes. No carro, encolhido no banco da frente, dormi de mau jeito e com um fiapo de bife que a língua ia sentindo naquele dente do fundo, me importunando. Quando acordei, as costas doíam e um pé continuava dormindo, formigando por dentro do tênis desamarrado. Aquilo desamarrava sozinho e eu, com preguiça, refletia se enfiava ou não a mão na boca para remover com a unha o resto da ceia. Se eu soubesse que ali era a Casa Verde Baixa, droga, não pensava duas vezes. Que sono.

Vi que Raimundo abria um portão, entrava outra vez no Opala, punha o carro num abrigo e saía de novo, fechando o portão com cadeado. Para fazer alguma coisa, esfreguei a testa e os cabelos, com força. A sala se iluminou intensamente. Entrei mancando na casa. Raimundo perguntou:

"Que foi isso?"

"Nada."

"Eu me refiro aos cabelos."

Fingi não ter escutado. Troquei uns passos por lá, piscando sob a lâmpada muito forte, surpreso como um idiota e com vontade de chorar. Atrás de mim, com a minha bagagem de escola debaixo do braço, ele trancou a porta e guardou a chave.

"Você machucou a perna?"

Sou vingativo. Disse:

"Na hipótese de você estar falando dum dos meus membros inferiores, não se preocupe".

Ficamos numa espécie de oficina, bem suja, com uma geladeira sem porta, velhos televisores empoeirados, um rádio antigo, rolos de fios, um balcão com gavetas abertas, aparecendo nas gavetas uma porção de peças soltas. Eu me lembro dum armário grande, encostado — imagine onde? — contra uma janela. Raimundo livrou-se do material do Dante num canto que seria o mais limpo do balcão.

"Marcelo."

"Sim?"

"Debaixo da escada fica um lavabo."

Fui ver. Era apenas um desastre. Um lavatório descascado e com canos de chumbo. Ele disse:

"Há um chuveiro elétrico no banheiro de cima."

"Que interessante", eu gozei, e ele fez que não entendeu:

"Neste bairro não falta água."

"Talvez porque não usem", sou vingativo.

Só então observei que no tampo do balcão, com a lancheira e a bolsa, estavam o cobertor de campanha e o cantil. Mas eu não queria saber de trégua: não queria olhar a cara de Raimundo e nem ouvir o que ele fosse dizendo. Subimos a escada, eu atrás, com sono e muito irritado, fazendo conscientemente um estúpido barulho com a sola nos degraus. Ele não perdeu a oportunidade de me aborrecer.

"Já sarou?"

"Já. Bem que eu falei que você não precisava se preocupar."

"Eu sempre me preocupo à toa."

Por meio minuto a raiva dominou o sono. Enchi de desprezo o balão da resposta:

"Eu nunca faço nada à toa".

"Então você vinha batendo os pés nos degraus com um propósito?"

"Sim."

"Gastar sola ou balançar a escada?"

"Nem uma coisa nem outra. Simplesmente erguer a poeira desta fina residência."

Raimundo sorriu para o relógio de pulso.

"Mas é muito tarde, garoto. Aposto que a esta altura a poeira deitou-se outra vez."

O quarto não tinha janela para a rua. Tinha um vitrô que se abria para lugar nenhum. Pude ver a mesa com um prato em cima, sem toalha e sem guardanapo, uma colher, um garfo e um copo. Não tinha faca. Uma cama de ferro, de armar, já montada no canto, me aguardava com um acolchoado e uma almofada de pano grosso, de colocar no chão, mas estava sobre a cama. Besteira supor que um cômodo como aquele comportasse um tapete. Pelas frestas do assoalho via-se a oficina lá embaixo. Tive a impressão de que Raimundo ia tocar em algum assunto difícil: os modos dele se alteraram: ele fechou a cara. O meu sono aumentava e diminuía, não parava no lugar, me arrastava, eu também ia aumentando e diminuindo.

"Você está com sono, garoto."

"Puxa. Como você enxerga longe."

"Tenho alguma prática."

"Pensei que não fosse dar na vista."

"Deu. Você está com muito sono."

"Que vergonha. E agora?"

"Até os heróis dormem, garoto."

Não lembro o que falei depois. Peguei a almofada e apertei-a contra o peito, ela escorregou para a barriga. Eu ficaria louco se olhasse demais aquelas paredes, os buracos se mexendo que nem baratas e, quando menos se esperava, uns trechos cinzentos saltando de lá para cá, entre os tijolos à mostra: eram ratos. O reboco estava cedendo, a almofada caiu no chão e eu parti para o protesto:

"Você não é Raimundo coisa nenhuma", sempre fui vingativo.

PRISÃO DOMICILIAR

Depois, tanto reclamei que consegui uma escova (nova) e um tubo de pasta (começado). Escovar os dentes dava mais categoria ao que eu falava. Saí esbanjando o meu QI.
"O que tem do outro lado dessa porta?"
Sem pressa, parecendo alheio ao que acontecia, Raimundo foi para lá e experimentou no cadeado as chaves duma argola metálica, que ele puxou do bolso de seu casaco de camurça, acabando por escancarar a porta.
"Venha."
Era uma sacada com ladrilhos de cimento vermelho. À direita, na parede, havia um tanque de lavar roupa. No varal, um par de meias verdes. Pedaços dum encerado de lona, desses de caminhão, tapavam a vista de fora, na frente e à esquerda, formando ângulo com um pilar.
"Você mora nesta casa, Raimundo?"
"Não."
"Você tem uma casa?"
"Pago aluguel."
Depois, era de tarde. O último sol alaranjava a sacada através da lona e acordava uma esquecida sensação de calor. Pensei em minha mãe, numa noite de verão, eu punha a cabeça no seu colo. Isso faz muito tempo, eu

era uma criança, minha mãe ainda não se encharcava de uísque e não deixava no caminho o seu rastro de palavrões e cigarros com mancha de batom.

"Quero ver o quintal."

"Há uma fresta ali", Raimundo me permitiu espiar pela junção das duas partes do encerado, ao lado do pilar.

"São terrenos da vizinhança. Esta casa não tem quintal".

"Que abandono", eu disse.

"Escorpiões, aranhas, ratos e cobras", atrás de mim, sugestivamente, ele enumerava os meus carcereiros.

Nem *Tubarão I* me impressionou. Ou *A câmara de horrores do abominável Dr. Phibes*. Eu caçoei:

"Não tem areia movediça? Plantas carnívoras? Uma agência de propaganda? Uma aldeia de comunicólogos? Um clube de economistas? Psicólogos? Padres-operários? Dívidas adulterinas? Parasitas familiares? Alcoólatras domésticos?"

Raimundo, aparentemente desatento, mas disfarçando a surpresa (estou certo disso), me fitou de esguelha (como um enxadrista traiçoeiro), sem saber que eu sempre tive memória para catástrofes e, na ocasião, apenas aplicava uma lista de calamidades que ouvira meu pai desfiar ao telefone, numa prosa longa não sei com quem. Ele esperou passar um momento (ponto a meu favor). Depois sorriu e aumentou com a mão a fresta do encerado.

"Não, Marcelo. Isto aqui é só um bairro da Zona Norte

de São Paulo. Não chega a ser o inferno."
"Pois é pouco para me acovardar."
"Eu sei", pendurou o polegar e o indicador no queixo pensativo. "Mas eu vi um ninho de cobra nesse mato."
"Que bom. Cobra espanta rato."
"E também espanta um ou outro animal racional."
"Por falar nisso, Raimundo, o que é um animal racional?"
"É o que não procura gratuitamente oportunidades para sentir medo."
"Você já sentiu medo?"
"Claro. Mas não deixei que ele me transformasse em rato."
"Será que um rato se espanta muito ao topar com uma cobra?"
"Se ele tiver tempo..."
"Então, nesse caso, quem tem tempo tem medo?"
"Perfeitamente. Dada a circunstância, e pondo um rato na circunstância, acho que o seu raciocínio está a salvo de qualquer censura."
Fiz uma pausa adulta e cabisbaixa.
"Estou vendo um monte de lixo."
"Hum", ele também via, pacientemente.
"Há muros ao redor do terreno. Não tem dono?"
"Não sei", ele cruzou os braços nas costas e assumiu toda a sua estatura. Depois, me pegou pelo ombro, me fez voltar para o quarto e trancou a porta. Aproveitei a

nossa camaradagem para dizer que eu não suportava ficar preso. Era humilhante bater a cabeça em portas fechadas.

"Você supõe que eu queira fugir?"

"Sim. Eu suponho."

"Eu não quero escapar como um rato", fulminei Raimundo com o empenho de minha lealdade. "Você não confia em minha palavra?"

"Não selamos nenhum compromisso", nada o atingia. "Não preciso desconfiar de sua palavra".

Não esmoreci:

"Não vou fugir. Estou oferecendo a minha palavra."

"Muito obrigado. Estou recusando."

Eu não estava acostumado a derrotas. Esse trecho de minha biografia me dava nos nervos. Eu não conseguia dobrá-lo, como fazia com os professores e outros serviçais. Minha irritação tomava a forma de coceiras imaginárias no alto da cabeça, no pescoço, nas costas e nos cotovelos. Eu devia estar vermelho de vergonha e raiva. Raimundo levantou a cadeira pelo encosto, virou-a no ar, fincou-a no soalho com um baque inesperado. Eu, logo de sobreaviso, não me mexi do lugar. Ele se acomodou no assento, a cavalo, apoiando os braços em cima do encosto e o queixo nas mangas do casaco.

"Escute", ele disse. "A segurança não tem nada a ver com a confiança".

"Não me aborreça com uma aula."

"Exatamente. Não me aborreça. Você vai permanecer trancado na casa, é o que se chama prisão domiciliar, ou pelo menos uma variante disso, e o esquema não muda até o seu pai reconhecer que não há outra saída a não ser desembolsar a grana do resgate."

Dando um tempo para esfriar as decepções (ponto para Raimundo), bebi como um cowboy a água do cantil, sempre na guarda da cama, sustentado pelo tirante. Roí as unhas, só um pouco. Ele não aparentava nenhum arrependimento. Olhou-me de lado, nem sei se me viu nessa hora. Na verdade, nunca me deu alguma importância.

Eu me refazia da batalha perdida. Indaguei se ele tinha um emprego fixo. Replicou:

"Isso não existe. Há apenas vocações insolúveis."

Atropelei a obscuridade dessa resposta:

"Como não existe? Eu perguntei se você trabalha."

"Mas claro. O que você imagina que eu esteja fazendo agora, rapaz?"

Eu, pérfido, mas ao mesmo tempo cheio de remorso:

"Não estou falando de crime. Estou falando de trabalho."

"Faço o melhor que posso. Os melhores lugares, também no crime, já estão tomados e fora do alcance de criminosos anônimos como eu."

"Não posso acreditar que você seja um criminoso, Raimundo."

"Não me diminua, garoto. Sou um criminoso."

"Não posso acreditar nisso."
"Pois acredite. Sou um criminoso."
"É impossível. Não posso acreditar."
"Vamos, garoto. Faça um esforço."
"Não quero. Eu não quero."

DIÁRIO, 1976

Junho, 24. Permitirá Munhoz Ortega que o remorso interfira no tom de suas tintas? E Tedesco alguma vez teria perdido o sono por causa do distribuidor de catecismo? Uma fila de condenados se move na manhã nevoenta. Não sei o que seja o remorso: talvez por isso eu não o reconheça nesse bando nem em qualquer dos outros presos. Vejo-os pela porta da biblioteca. Eles apertam em cada mão, pelos rabos, um feixe de ratos: alguns vivos e aos guinchos. Vão trocá-los por uma senha que lhes garantirá por um dia, na escala, o direito de livrar-se da convivência forçada e, fora do presídio, escolher entre estar com alguém ou estar sozinho.

Nem todos se conhecem, a guarda não os selecionou por pavilhão, por isso fingem respeito mútuo, algum decoro, embora com indiferença ou desconfiança; e se por acidente um esbarra no outro, logo se compõem e se desculpam com um cuidado meticuloso, medem a chacota, abusam da gargalhada e da visão circular, vigilante e sombria. Jamais perdem um rato ou o lugar na fila.

Pescarão robalos na Baía dos Tubarões, a bem dizer uma enseada, e entre as pedras queimarão galhos secos de amendoeira para o churrasco. Dependendo do soldado, terão já umas pitadas de sal sob o gorro e uma garrafa de cachaça no meio das pernas, não importa se um tanto aguada. Imagino-os a abanar o fogo, insistentemente, como quem atiça uma alegria falsa. Divide-se a bebida não só com o soldado, mas com os minutos e as horas, pois ela deve durar das oito da manhã às quatro da tarde, esgotando-se a um só tempo a liberdade e a garrafa. E conseguirão apreciar o assado, enquanto não muito longe, numa bacia cavada junto ao penedo do costão, os ratos, uns desfazendo-se e outros mordendo as chamas, irão espalhando pela ilha o cheiro do inferno.

ESTE LIVRO FAZ PARTE DA TRILOGIA

O MOTIM NA ILHA DOS SINOS

OUTRAS OBRAS DO AUTOR

Este livro foi composto em Lora Regular e Robotto e impresso em papel Pólen 90 g/m² para C Design Digital em Abril de 2024